Der Autor:

Uwe Harm, Jahrgang 1952, lebt im Herzen Schleswig-Holsteins und ist als Diplom-Rechtspfleger bekannter Autor in der juristischen Fachliteratur, insbesondere zum Betreuungs- und Erbrecht. Seit zwei Jahren befindet er sich im Ruhestand und widmet sich nun spannenden Kriminalgeschichten. Die jahrzehntelangen Erfahrungen in der gerichtlichen Tätigkeit kommen ihm dabei zugute. Aber auch der Humor kommt in den Romanen nicht zu kurz. Kurzweilig, amüsant und spannend zugleich ist das Markenzeichen seiner Krimis.

Ein gefährlicher Auftrag

für den Privatdetektiv Tobias Alff

Kriminalroman

Uwe Harm

Bibliografische Information der Deutschen Nationalbibliothek: Die Deutsche Nationalbibliothek verzeichnet diese Publikation in der Deutschen Nationalbibliografie; detaillierte bibliografische Daten sind im Internet über dnb.dnb.de abrufbar.

Herstellung und Verlag: BoD – Books on Demand, Norderstedt

ISBN 978-3-7519-5253-8

Tobias Alff ging an diesem Tag schon sehr früh in sein Büro. Als erstes öffnete er die Fenster weit, um frische Morgenluft hineinzulassen, denn seit Tagen war es jetzt Anfang Juli immer heißer geworden. Er brühte sich aus seinem neuen Automaten, den ihm seine Lebenspartnerin zum 50. Geburtstag geschenkt hatte, einen Becher Kaffee, setzte sich dann in seinen alten Ohrensessel und schaute einfach so ins Leere. Als er seinen Blick schweifen ließ, stellte er wieder fest, dass die Wände dringend neu gestrichen werden müssten. Er hatte zwar seit drei Jahren das Rauchen aufgegeben, aber die Wände zeugten natürlich von jahrelangem Zigarettenrauch. Überhaupt wirkte alles im Büro doch sehr alt und gebraucht. Selbst die dunkelblauen Vorhänge, obwohl zwischendurch gewaschen, waren an einigen Stellen ausgeblichen.

In der letzten Zeit kamen ihm immer wieder Zweifel, ob der Job auf Dauer seinen Lebensunterhalt sichern könnte. Er war nun schon ziemlich genau 20 Jahre als zertifizierter Privat-Detektiv in Hamburg tätig. Aber auf den berühmten grünen Zweig war er bisher nicht gekommen. Im Gegenteil. Es gab immer wieder Durststrecken und finanzielle Sorgen. Zum Glück gab es Karin, seine Partnerin und Lebensgefährtin, die ihn nicht nur immer wieder finanziell unterstützte, sondern auch bei seinen Aufträgen half. Sie würde in der nächsten Woche, wenn sie mit ihrer Mutter aus Südfrankreich zurück ist, ihn wieder unterstützen und die vielen Fotos, die er inzwischen auftragsgemäß gemacht hatte, in den Computer übertragen, ordnen und die Rechnungen schreiben. Er wunderte sich allerdings erneut, dass sie mit ihrer Mutter zusammen Urlaub macht. Die beiden hatten immer irgendwie Streit. Ihre Mutter war nervig und Tobias Alff mied unnötigen Kontakt zu ihr. Sie mochte ihn nicht und er ignorierte sie weitgehend, wenn es Familientreffen oder Besuche gab.

Tobias Alff trug wegen der zu erwartenden Hitze eine weite leichte Jeans und ein ausgeleiertes schwarzes Tshirt. Seine Lebensgefährtin wollte dieses Tshirt schon mehrmals wegwerfen, aber er liebte es gerade bei diesen Temperaturen. Dieses Jahr wurde er 50 und wegen seiner ungesunden Lebensweise zeigten sich erste gesundheitliche Probleme. Das Rauchen hatte er zwar vor Jahren schon aufgegeben, aber Alkohol und deftiges Essen gehörten einfach zu seinen Vorstellungen von Lebensqualität. Und auch ein ganzes Stück

Bequemlichkeit. Deshalb hatte sich schon ein wenig Bauch gebildet, die Hosen wurden enger und die Kondition schlechter. Karin drängte ihn schon länger, etwas Sport zu treiben, Fahrradfahren zum Beispiel oder in einen Fitnessclub zu gehen. Bei diesen Gedanken atmete er schwer aus und wusste genau, dass sie Recht hatte. Viel lieber saß er in irgendeinem Cafe zusammen mit seinem alten Freund Simon oder las ein Buch. Aber wenn er sich im Spiegel betrachtete, konnte er noch immer die volle dunkelblonde Haarpracht feststellen. Keine Geheimratsecken und kein Haarausfall. Und ein Gesicht, das nicht nach 50 Lebensjahren aussah.

Von draußen nahm der Verkehrslärm weiter zu und Tobias Alff war davon immer etwas genervt. Es war eine vielbefahrene Straße vor seinem Büro. Die Fenster wollte er trotzdem geöffnet halten, bis die Sonne den Schatten dieser Häuserseite vertrieb. Mit dem Kaffeebecher in der Hand ging er nun an seinen Schreibtisch zurück und begann, den neuen Auftrag näher zu planen. Dazu machte er sich auf einem großen Papierbogen immer ein grafisches Schema mit allen Daten von Personen, Orten und seinen eigenen Beobachtungen. Die Zeichnung wurde dann nach und nach ergänzt. Wieder war die Auftraggeberin eine Ehefrau aus besseren

Kreisen, die Beweise für das Fremdgehen ihres Gatten haben wollte. Das würde diesmal etwas aufwendiger sein, da die Auftraggeberin nicht angeben konnte, wo sich ihr Mann vermutlich mit einer anderen Frau trifft. Sie hatte nur so einen vagen Verdacht. Also hieß es, unauffällig Beschatten und Verfolgen. Darin war er allerdings geübt. Ja, das waren in der Regel die Art Aufträge, von denen er lebte. Selten gab es mal etwas anderes. Beweise für den Verrat von Betriebsgeheimnissen durch einen Mitarbeiter oder die Beobachtung eines örtlichen Politikers im Auftrage der gegnerischen Partei sorgten leider nur ganz ausnahmsweise für willkommene Abwechslung und natürlich mehr Honorar.

*

Am Herrengraben in Hamburg parkte zur selben Zeit ein silberfarbener Mercedes-Benz 300 Cabrio und eine elegante junge Frau mit dunklen langen Haaren, roten Mantel und sehr hohen Schuhen ging von dort rechts über die kleine Brücke zum Hilton-Hotel. Sie schaute sich mehrmals vorsichtig um, blieb auch kurz stehen und musterte die Menschen, die sie in ihrer Nähe sehen konnte. Alle schienen eilig unterwegs zu sein. Radfahrer kreuzten ihren Weg, Kinder auf dem Schulweg und

Frauen in Eile, die offenbar einkaufen wollten. Sie setzte dann ihren Weg zum Hotel mit schnellen Schritten fort. In der Hotel-Lobby grüßte sie den jungen Mann an der Rezeption, gab ein ihm offenbar bekanntes Handzeichen und durfte ein hauseigenes Telefon mit Festnetzanschluss hinter der Rezeption nutzen. Sie holte aus ihrer schwarzen Aigner-Handtasche einen kleinen Zettel heraus, auf dem eine von ihr handgeschriebene Adresse und Telefon-Nummer der Detektei Tobias Alff, Dorotheenstr. 40 in Hamburg stand. Sie atmete tief durch und wählte dann die Nummer. Tobias Alff meldete sich am anderen Ende:

„Was kann ich für Sie tun?"

Die junge Frau nannte ihren Namen mit Teicher. Sie sprach so leise, dass Alff zweimal nachfragen musste. Sie bat um ein Treffen in der Bar des Hiltons, wenn möglich innerhalb der nächsten halben Stunde. Sie habe einen sehr speziellen Auftrag, der äußerste Vorsicht und Geheimhaltung erfordere. Alff war einverstanden und neugierig. Er würde sich sofort auf den Weg machen. Die Frau beschrieb als Erkennungsmerkmal ihre Kleidung und legte auf. Sie sah sich wieder vorsichtig um. Die Menschen in der Hotel-Lobby waren alle geschäftig, lasen entweder eine Zeitung oder warteten auf irgendjemanden. Vor der Rezeption bildete sich inzwischen eine kleine Schlange von Menschen mit großen Koffern, die einchecken wollten. Einige Männer sahen sie im Vorbeigehen kurz interessiert an. Aber niemand schien sie zu beobachten. Als sie sich sicher genug fühlte, ging sie langsam in die stilvolle Hotelbar, setzte sich direkt an den Bar-Tresen und bestellte ein Glas Sekt. Sekt beruhigte sie immer gut. Ob dieser Alff der richtige Mann war, fragte sie sich immer wieder und auch ob ihr Plan aufgehen würde. Aber es gab immerhin was die Person des Detektives betraf eine Empfehlung von einem Polizeibeamten, einem Kommissar, der irgendwie vertrauenswürdig erschien. Bei ihm hatte sie ihren Ehemann als vermisst gemeldet und ihn dann nach einer guten Detektei gefragt.

*

Nach etwa 20 Minuten betrat Tobias Alff die Bar. Die Frau im roten Mantel musterte ihn. Ein großer Mann, etwas übergewichtig, erkennbar mittleren Alters. Er trug ein schwarzes Sakko und Jeans und wirkte durch seine aufrechte Körperhaltung selbstbewusst. Die Frau ahnte, dass es wohl dieser Detektiv Alff war. Er sah sich kurz um, sah sie an der Bar sitzen und ging zielstrebig auf sie zu.

„Frau Teicher?" –

„Ja, ich bin es. Bitte, lassen Sie uns dort hinten an einem der kleinen Tische Platz nehmen."

Sie setzten sich ganz an den Rand der Hotel-Bar an einen kleinen runden Tisch mit bequemen Cocktail-Sesseln. Sie bestellte noch ein Glas Sekt.

„Ich mache es kurz. Mein Ehemann gilt offiziell als vermisst. Er lebt in Frankfurt unter falschen Namen. Man könnte sagen, er ist untergetaucht. Er ist in Besitz von brisanten Urkunden, Dokumenten und anderen Papieren, die viele teilweise bekannte Personen in Misskredit bringen würden – vorsichtig gesagt. Ich möchte, dass Sie alle diese Urkunden zu mir bringen. Ich werde die Übergabe organisieren und Ihnen auf besondere Weise die Information zukommen lassen. Es gibt Leute, die mich bereits beobachten und sofort Zugriff nehmen würden, wenn sie meinen Ehemann finden oder er zu mir zurückkehrt. Ja, sie würden ihn wahrscheinlich töten. Niemand darf merken, wenn ich in den Besitz dieser Urkunden komme."

Sie hielt inne, trank den Rest vom Sekt aus, lehnte sich zurück und schlug ihre schlanken Beine übereinander.

„Können Sie sich vorstellen, diesen Auftrag anzunehmen?"

Alff schwieg eine Weile. Das hörte sich durchaus gefährlich an, dachte er bei sich. Irgendwie spürte er, dass sie ihm nur die halbe Wahrheit anvertraute. Ein gefährlicher und geheimnisvoller Botendienst schien ihm nicht besonders logisch. Da gab es doch andere Möglichkeiten. Tobias Alff beobachtete die Frau genau, vor allem ihre Mimik und Gestik, die manchmal einiges verriet. Sie war in ihrer Art sehr kontrolliert, zeigte keinerlei Emotionen. Ihm schien ihr Verhalten gespielt und aufgesetzt zu sein. Obwohl die Frau in seinen Augen sehr attraktiv war, sehr schlank, mit einem etwas herben, aber interessanten Gesichtsausdruck – und Tobias Alff nahm natürlich auch den schwarzen Minirock und ihre schlanken sonnengebräunten Beine wahr -, wirkte sie auf ihn kalt. Sie sah ihn aber die ganze Zeit irgendwie prüfend an und erwartete von ihm eine Antwort.

„Ja, das würde ich erledigen. Das hat aber seinen Preis! Und der ist höher als wenn ich untreue Ehemänner fotografieren soll." –

„Klar, Sie erhalten von mir einen Vorschuss von 5.000 Euro in bar und bei Erfolg nochmal 10.000 Euro dazu."

Alff war überrascht und nickte leicht. Der Preis schien ihm o.k. zu sein. Allein der Vorschuss war für ihn bei der allgemeinen Auftragsflaute wichtig.

„Ich brauche aber diverse Infos von Ihnen!"

Frau Teicher holte einen weißen Umschlag aus ihrer schwarzen Aigner-Handtasche, die mit auffallend schönen goldenen Beschlägen versehen war.

„Hier ist der Vorschuss, Herr Alff. Und hier ist von mir handgeschrieben alles was sie brauchen. Ich möchte mit Ihnen keinen schriftlichen Vertrag machen, Sie verstehen? Die mündliche Vereinbarung, die wir hier treffen muss für uns beide gelten. Bitte rufen Sie mich nie an, sondern wir treffen uns bei Rückfragen oder Erfolg hier in der Hotelbar. Sie buchen für mich ein Zimmer für 2 Tage und bitten das Hotel, mich umgehend zu informieren. Die haben meine Kontaktdaten hier. Das habe ich schon alles organisiert. Und wenn es Probleme gibt, kenne ich Sie nicht!"

Ihre Stimme klang jetzt sehr bestimmend. Der Detektiv meinte, in ihrem Gesicht auch eine gewisse Sorge gelesen zu haben. Alff nickte, aber irgendwie kamen ihm auch Zweifel. Alles klang doch sehr geheimnisvoll und gefährlich. Er wollte ihr wie er es immer gewohnt war, zum Schluss noch seine Visitenkarte geben. Sie wehrte vehement ab und so ließ er sie auf dem Tisch zurück.

Die Frau sah ihn noch einmal seltsam fest und ungewöhnlich lange in die Augen, als ob sie noch etwas hinzufügen wollte. Sie schwieg aber, erhob sich aus dem Sessel und ging ohne ein weiteres Wort, nur mit einem kurzen Kopfnicken aus der Bar. Tobias Alff wartete einen Moment bis er sie nicht mehr sehen konnte. Er steckte ganz in Ruhe die Unterlagen in die rechte Innentasche seines Sakkos ein und dachte noch etwas über diesen Auftrag und diese geheimnisvolle Frau nach. Er bemerkte aber nicht den mit seinem Smartphone scheinbar spielenden Jugendlichen mit Basecap und dunkler Lederjacke. Als Alff das Hotel verließ, sah der Typ mit der Basecap ihm nach und nahm sich ganz unauffällig die Visitenkarte, die auf dem Tisch liegen geblieben war.

Im Büro angekommen machte Tobias Alff sich zuerst einen starken Kaffee. Er öffnete wieder die Fenster zur Straße, weil die Seite noch immer im

Schatten lag. Sein Büro befand sich im Erdgeschoss eines Geschäftshauses. In den oberen Geschossen waren Wohnungen. Direkt neben ihm gab es ein kleines indisches Lokal, das er gern mit Karin besuchte. Das Büro bestand aus einem größeren Raum mit zwei alten an den Ecken angestoßenen Schreibtischen, zwei Regalen mit einigen Ordnern, einem Ohrensessel, der in die Jahre gekommen war, daneben ein kleiner Sessel, der auch nicht mehr gut aussah und deshalb mit einem Kissen bestückt wurde und einem abschließbaren halbhohen Schrank, in dem er eine Pistole, und zwar eine Glock, mit Munition und auch etwas Geld aufbewahrte. Die Büroeinrichtung hatte er vor Jahren gegen einen symbolischen Preis von einem befreundeten Rechtsanwalt erhalten, der sein Büro neu einrichten wollte. Es gab noch einen zweiten kleinen Raum mit einer Schlaf-Couch, einem Stuhl und einem kleinen Kleiderschrank und dann natürlich ein kleines Bad, das schon lange einer notwendigen Modernisierung harrte. Den Vorschuss von 5.000 Euro zählte er jetzt erst nach und legte ihn in den abschließbaren Schrank hinein. Dann setzte er sich mit dem Kaffeebecher und den handschriftlichen Notizen der Frau Teicher in den Ohrensessel. Daneben stand ein kleiner runder

Tisch. Aus einer Kunststoffschale, die fast die ganze runde Oberfläche einnahm, griff sich Tobias Alff beim Kaffeetrinken gern einige Naschereien. Er konnte diesen belgischen Pralinen einfach nicht widerstehen.

Dann las er die handschriftlichen Notizen, die ohne Anrede aber recht leserlich wie folgt lauteten:

Mein Ehemann, Rolf Teicher wohnt in Frankfurt. Er ist nur über den türkischen Imbiss in der Bahnhofshalle „Orient-Imbiss" erreichbar. Der Chef dort kann ihn anrufen. Er wird es nur machen, wenn Sie sich als seinen Bruder, Norbert Teicher, ausgeben. Ein Treffpunkt kann dann vereinbart werden. Ideal ist die „Äppelweinstube Heinz" gegenüber von Bahnhof. Sie müssen sicherstellen, dass niemand ihnen folgt oder Sie beobachtet. Wenn Sie einen Fehler machen, kann das tödlich enden! Er wird Ihnen die Urkunden übergeben und wenn er Zweifel hat, reden Sie von unserem Hund „Alex". Mein Ehemann wird sich danach absetzen und nicht mehr erreichbar sein. Mit den Unterlagen kommen Sie dann zum vereinbarten Treffpunkt in Hamburg. Sollten Sie verfolgt werden, müssen Sie diese Leute mit allen Mitteln abschütteln. Wenn die Ihnen bis nach Hamburg folgen, bin auch ich in

Lebensgefahr! Nehmen Sie eine Waffe mit. Vernichten Sie jetzt dieses Papier!

Das war alles, geschrieben auf der freien Rückseite eines Werbeblattes von einer Apotheke. Alff las es noch einige Male durch und prägte sich alles ein. Dann verbrannte er das Papier im WC und spülte die Asche weg. Irgendwie beschlich ihn ein Unwohlsein. Würde er es mit der organisierten Kriminalität zu tun bekommen? Warum wurde quasi ein Bote für brisante Unterlagen gebraucht? Einerseits war schon der Vorschuss wichtig. Er war schon mit zwei Mieten im Rückstand. Und die Restsumme konnte er gut gebrauchen. Alff rechnete damit, dass er für diesen Auftrag, wenn alles glatt ging, höchstens 2 Wochen benötigen würde. Er würde natürlich auch Karin mitnehmen, seine Partnerin. Sie half oft auch bei den Aufträgen mit und kümmerte sich akribisch um die Buchhaltung. Buchhaltung war ihm wie auch diverse andere bürokratische Anforderungen ein Graus.

*

Zwei Tage später am frühen Nachmittag kamen Karin und ihre Mutter von ihrem Urlaub am Hamburger Flughafen an. Tobias Alff sollte beide abholen. Die Ankunftshalle war von Menschen überfüllt. Es war wieder heiß mit mindestens 30°. Alle erwarteten die Ankommenden. Es war ja Ferienzeit. Der Flug hatte gemäß Anzeigetafel etwas Verspätung und Tobias Alff bestellte sich deshalb im Imbiss der Ankunftshalle noch einen Kaffee. Dann endlich strömten die angekommenen Fluggäste in die Empfangshalle hinein. Alff reckte sich, um Karin erkennen zu können. Mitten in der Menge sah er sie und ihre Mutter. Karin trug ein weißes kurzes Kleid, ihre langen blonden Haare hatte sie hinten zusammen gebunden. Sie zog einen großen roten Koffer. Daneben ihre Mutter, die ihr lockiges Haar immer rot färbte. Sie trug ein knapp bis zu den Knien reichendes türkisfarbenes Kleid und ging mit sehr aufrechter Körperhaltung. Sie war etwas größer als Karin und hatte zwei große schwarze Rollkoffer sowie eine große und sehr bunte Reisetasche dabei. Karin und Tobias umarmten sich zur Begrüßung herzlich und lange. Beide waren froh, wieder vereint zu sein. Die Mutter stand ungeduldig daneben:

„Wir haben es eilig, jedenfalls muss ich schnell in meine Wohnung",

drängelte sie mit genervtem Unterton. Tobias nahm der Mutter einen Koffer und die Reisetasche ab und im Gewühle der Menschenmassen verließen sie zusammen die Ankunftshalle. Er verstaute dann alle Koffer und die Reisetasche hinten in Karins roten Golf, den Tobias Alff inzwischen nutzte. Alle stiegen zügig ein und Tobias fuhr los. Die Fahrt ging zuerst nach Eppendorf, in die Straße „Falkenried", wo die schöne Drei-Zimmer-Wohnung der Mutter lag. Sie stieg eilig aus, verabschiedete sich auffallend knapp von Karin und Tobias trug ihre Koffer und die Reisetasche hoch in den zweiten Stock. Sie bedankte sich kurz und schloss die Wohnungstür hinter sich. Er staunte immer wieder, wieviel Gepäck Karins Mutter selbst für kürzeste Reisen dabei haben musste. Auf der Fahrt hatte er allerdings den zutreffenden Eindruck, dass sie schlechte Laune hatte. Zurück im Golf, atmete Karin hörbar und erleichtert auf:

„Das mache ich nicht wieder! Das war ein letzter Versuch. Sie ist einfach unerträglich. Es ging fast nur um unsere Beziehung, an der sie kein gutes Haar ließ. Aber das kennst Du ja. Und mich hielt sie für pervers, weil ich am Strand oft ganz nackt badete und mich sonnte. Das würde angeblich auch meine Schwester immer sagen. Dann schmeckte ihr das Essen im Hotel nicht, die Betten waren zu weich, am Strand zu viele Leute und zu laut war es überall."

Karin streckte sich entspannt im Auto.

„Wir haben einen neuen Auftrag", sagte dann Tobias zu ihr.

„Untreue Ehemänner?" fragte sie lachend.

„Auch", erwiderte er: „Aber ein Auftrag ist anders. Wir müssen dazu nach Frankfurt. Im Büro erzähle ich Dir alles."

Karin war vor zwei Wochen 35 geworden und war damit 15 Jahre jünger als er. Seit 4 Jahren lebten sie zusammen. Sie war eine attraktive Blondine, nach der sich viele Männer umsahen. Sie zeigte sich gern offenherzig, manchmal geradezu aufreizend und genoss die Blicke der Männer. Ihre Mutter meinte aber, dass sie ganz andere Männer haben könnte, die ihr nicht wie dieser Alff auf der Tasche liegen, sondern gut situiert sind und sie mit solchen Männern in finanzieller Sicherheit eine Familie gründen könnte. Ihrer Mutter war es aber selbst nie gelungen, einen solchen gut situierten Mann zu finden. Wegen der Hitze jetzt im Juli trug Karin ein sehr kurzes weißes Kleid, das im hellen Sonnenlicht etwas durchsichtig wurde und ihre Körperformen erahnen ließ. Sie trug jetzt keinen und auch sonst eigentlich nie einen BH. Sie war schon von Kind an und als Jugendliche so freizügig und zog sich gern aus. Tobias Alff lachte dann immer und meinte eher spaßig, dass sie eine perverse Ader hätte. Ihre Mutter hatte ihr im Urlaub allerdings mit vorwurfsvollem Unterton auf den Kopf zugesagt, sie sei pervers und das sei peinlich. Manchmal dachte sie selbst, dass es wohl wirklich so sei. Allerdings konnte sie sich sehen lassen. Sie hatte eine schöne Figur, weibliche Kurven, ohne dass es zu üppig wurde, lange Beine und ihre Brüste waren gut und fest geformt und hüpften jetzt gut erkennbar unter dem dünnen Stoff ihres Kleides. Tobias Alff liebte diese Art und ließ sich gern reizen. Was ihre sonstigen Eigenschaften betrifft, gehörte sie zu den Menschen, die in allem sehr schnell waren, sich schnell entschieden, die alles schnell erledigten und strenge Ordnung hielten. Gerade ihr Ordnungsdrang war oft Streitpunkt zwischen ihnen. Tobias Alff war eher unordentlich, ließ alles irgendwo liegen und räumte nichts an seinen Platz zurück. Sein Detektivgeschäft war ihr inzwischen gut vertraut. Sie bekamen fast nur Aufträge von Ehefrauen, deren Ehemänner beobachtet werden sollten. Beide hatten gute Kameras mit großem Telebereich und auch eine winzige Kamera in einem Kugelschreiber. Aber oft war es möglich und ausreichend, nur mit dem Handy unauffällig zu fotografieren.

Als sie Stunden später, nachdem der Koffer ausgepackt war und die Schmutzwäsche in der Waschmaschine lag, gemeinsam ins Büro fuhren, fragte sie, ob er den Auftrag *Heidereich* schon erledigt habe. Tobias Alff schaute mit schlechtem Gewissen aus dem Fenster. Sie wusste sofort, das blieb jetzt an ihr wieder hängen. Die Fotos waren eindeutig und mussten nur noch im PC rein und sortiert werden. Sie war darin sehr begabt und bearbeitete die Fotos im PC, stellte eine aussagekräftige Serie zusammen oder gestaltete damit eine kleine Mappe für den Kunden. Das Honorar von 500 Euro war damit fällig. Und der Auftrag *Simonsen* war natürlich auch nicht erledigt. Da gab es aber einen Hinweis, dass noch heute Abend Fotos gelingen könnten. Der Mann hatte sich mit einer Frau, die vermeintliche Geliebte, in einem bestimmten Restaurant verabredet. Karin hatte Lust, die Fotos selbst zu machen. Diese Art Ermittlungen machten ihr immer Spaß. Wenn das heute Abend gelingen würde, könnten sie am Tag drauf auch diesen Auftrag abschließen.

Karin nahm sich abends die Nikon-Kamera mit Teleobjektiv, zog sich unauffällig an: Enge Jeans, schwarzes Top und die Haare zum Pferdeschwanz gebunden. Dann fuhr sie mit ihrem Golf schnell zu dem genannten Restaurant. Es war ein kleines gemütliches italienisches Restaurant. Sie saß kaum und hatte sich gerade einen trockenen Rotwein bestellt, als ihre Mutter anrief.

„Ich habe mir heute über unsere Gespräche im Urlaub noch viele Gedanken gemacht. Bei uns in der Nachbarschaft hat ein alleinstehender attraktiver Mann eine der oberen Wohnungen gekauft. Er ist Anwalt. Den solltest Du Dir wenigstens mal ansehen! Ich könnte ihn zum Kaffeetrinken einladen." –

„Mutter, hör auf. Ich habe jetzt überhaupt keine Zeit." –

„Wann kommst du vorbei? Ich habe nämlich eine Überraschung! Im Urlaub habe ich Dir davon extra noch nichts erzählt, weil du so schlechte Laune hattest." –

„Ich? Nein, du hattest schlechte Laune und hast fast nur über alles und jeden gemeckert. Ich muss jetzt auflegen und melde mich später."

Sie brauchte erst einmal Abstand von ihrer Mutter. Die eine Woche mit ihr in Südfrankreich war fast nicht zu ertragen. Sie fragte sich nun wieder, warum sie es überhaupt noch einmal versucht hatte.

Inzwischen waren die beiden zu beobachtenden Personen angekommen. Karin hatte von der Auftraggeberin ein Foto des Mannes erhalten, damit sie ihn gut erkennen könnte. Beide taten sehr verliebt und setzten sich in guter Sichtweite an einen für sie extra reservierten und besonders schön eingedeckten Zweier-Tisch. Er war angegraut, aber durchaus interessant, schlank, gut gekleidet, vielleicht Ende 50 und sie viel jünger, höchstens Mitte 20, blond gefärbte mittellange Haare, zu auffallend geschminkt, große Oberweite, die sie mit einem schönen Ausschnitt in einem offenherzigen roten Kleid präsentierte, das nur mit ganz dünnen Trägern gehalten wurde. Sie bekamen gleich Sekt serviert und mit Küsschen tranken sie einen ersten Schluck. Sie fühlten sich unbeobachtet und tauschten offen Zärtlichkeiten aus. Eine Hand des Mannes war häufig unter den Tisch und führte zu einem Kichern der jungen Frau. Karin amüsierte sich, weil die Fantasie mit ihr durchging. Sie konnte dabei mit ihrem Smartphone unauffällig mehrere gute und aussagekräftige Fotos machen. Das gefiel ihr immer, wenn alles schnell ging und das Honorar war natürlich wichtig, vor allem für Tobias.

Als Karin im Restaurant ihren Rotwein ausgetrunken hatte, die Fotos „im Kasten" waren, zahlte sie und ging rasch nach draußen. Und da bemerkte sie den dunkelgrünen Golf. Sie stutzte und blieb kurz stehen. Der stand vorher gegenüber vom Büro und ihr waren nur die besonders schönen Alufelgen aufgefallen. Die hatten hochglänzende Speichen. Solche Felgen würde sie bei ihrem Golf auch gern haben. Und nun stand eben dieser Wagen mit diesen auffälligen Felgen hier vor dem Restaurant. Jetzt sah sie auch deutlich die zwei Männer im Golf, ein älterer mit Glatze und ein jüngerer Mann, oder war es ein Jugendlicher, mit Basecap. Hatte das mit dem neuen Auftrag zu tun, von dem Tobias ihr schon alles berichtete? Sie war gewohnt, bei Auffälligkeiten misstrauisch zu sein. Und sie hatte auch einen Blick dafür. Vor zwei Jahren gab es einen Auftrag, wo sie auch beobachtet wurden und es gefährlich wurde. Seitdem ging sie nie gedankenverloren durch die Straßen.

Sie fuhr mit ihrem roten Golf ins Büro zurück und erzählte Tobias von ihrer Beobachtung. Er war ebenfalls ins Büro gekommen, um einen anderen Auftrag zu erledigen, die Fotos zu sortieren und die Rechnung zu schreiben. Tobias runzelte die Stirn und blickte vorsichtig aus dem Fenster zur Straße.

Und tatsächlich, ein Stück weiter auf der gegenüber liegenden Straßenseite konnte er den Golf erkennen und auch, dass da zwei Personen drinnen saßen. Er nahm noch das Fernglas und es bestätigte sich die Beschreibung, die Karin ihm gegeben hatte. Karin brachte indessen ihre neuen Fotos rasch in den PC, ordnete alles und druckte die besten Fotos aus. Sie schrieb auch schnell die Rechnung. Sie war in diesen Dingen unheimlich schnell und sorgfältig. Morgen würde sie beide Aufträge abliefern und dann könnten sie nach Frankfurt fahren. Sie beschlossen, die Nacht im Büro zu verbringen. Das Sofa im Nebenraum war ausziehbar und mit einer Breite von 1,40 auch für zwei Personen zum Schlafen und Lieben gut geeignet. Es kam häufiger vor, dass es nach Auftragserledigung im Büro spät wurde und sie dann beide dort über Nacht blieben. Tobias schloss die Tür diesmal richtig ab und setzte einen Keil unter die Tür. Karin ging kurz ins Bad, kam nackt heraus und setzte sich auf das Bett in aufreizender Pose. Tobias zog zur Nacht nur einen weit geschnittenen Boxer-Shorts an und setzte sich zu ihr. Er konnte ihren Reizen nicht widerstehen. Bei den dann überschäumenden Hormonschüben, war sie immer der aktivere Teil. Tobias Alff schlief am Ende völlig erschöpft ein.

Am nächsten Morgen wollte Karin unbedingt noch einige Gedanken über den neuen Auftrag mit ihm besprechen. Während sie genüsslich frühstückten begann Karin:

„Ich glaube, die Frau lügt und benutzt uns. Wir müssen sehr vorsichtig sein. Du solltest deine Pistole auf jeden Fall mitnehmen. Und bestimmt haben die beiden Typen im Golf schon damit zu tun. Und warum will sie diese Dokumente haben? Die könnten doch auch mit der Post kommen oder über ein vereinbartes Schließfach am Bahnhof." –

„Sie ist sehr vorsichtig. Der Auftrag war nur mündlich. Ihre Infos handgeschrieben auf einem Werbezettel, den ich gleich vernichten sollte. Mir war gleich so, als ob sie mir nur die allernotwendigsten Infos gab. Eine sehr ungewöhnliche Sache. Aber das Honorar stimmt."

Sie berieten sich noch eine Weile darüber wie sie die Verfolger im grünen Golf am besten abschütteln könnten. Jedenfalls würden sie am Tag drauf alles für die Abreise organisieren.

Nach dem Frühstück fuhr Karin jetzt mit Jeans und dunkler Bluse gekleidet zu den beiden Kunden. Zu Kundenbesuchen zog sie sich immer seriös und geschäftsmäßig an. Sie gab sich meist als die

Sekretärin aus. Das Honorar versuchte sie immer, sofort in bar zu kassieren. Das hatte gewisse illegale Steuervorteile. Als sie losfuhr, sah sie den grünen Golf samt Insassen dort stehen wo sie ihn am Abend gesehen hatten. Sie fuhren ihr diesmal nicht nach. Offenbar konzentrierten sich die beiden Männer auf Tobias und was sich im Büro tat. Die erste Kundin wohnte in Hamburg, im Poppenbütteler Weg. Es war ein schlichtes Einfamilienhaus mit gepflegtem Vorgarten und einer Garage. Die Frau, die Karin öffnete, schien um die 40 zu sein. Noch im Morgenmantel, bat sie Karin hinein. Am Küchentisch sah sie sich zuerst neugierig die Fotos an und begann sofort heftig zu heulen. Karin gab ihr ein Papiertaschentuch und schob unauffällig die Rechnung auf den Tisch. Als sich die Frau beruhigt hatte, bat Karin um Barzahlung. Die Frau nahm aus einer Tasche, die neben ihr auf einen der Stühle stand, 500 Euro in großen Scheinen und gab sie Karin.

Die zweite Kundin wohnte im Stadtteil Winterhude und zwar in einem Penthouse. Karin musste schon unten klingeln und über eine Sprechanlage ihr Anliegen vortragen. Die untere Eingangstür öffnete sich und Karin ging durch einen Flur mit Marmorfußboden bis zu einem Aufzug. Im 4. Stock stand sie dann vor der Wohnungstür, die sehr einbruchssicher aussah. Die Kundin öffnete die Tür und bat Karin herein. Die Frau war vielleicht Mitte 30 und trug die schwarzen Haare streng nach hinten gebunden. Ihr Hauskleid war mit teuren Spitzen und Stickereien besetzt. Karin folgte ihr in das Wohnzimmer. Von dort war ein traumhafter Blick über die Häuser der Stadt möglich. Die Einrichtung war hell und modern, fast etwas kalt. Die Kundin machte eine strenge Mine und besah sich die Fotos ohne eine erkennbare Regung.

„Da haben Sie gute Arbeit geleistet" sagte sie anerkennend und bat um eine Rechnung.

Karin gab ihr die Rechnung und spürte, dass eine Barzahlung hier nicht gewollt war. Sie verabschiedete sich rasch und als sie noch auf dem Weg zur Wohnungstür war, kam in diesem Moment der Ehemann herein. Es war genau der grauhaarige Mann, den sie gestern im Restaurant fotografiert hatte. Von hinten rief die Frau mit schneidender Stimme:

„Pack deine Sachen! Hier sind die Beweise. Das wird teuer, mein Lieber!"

Der Mann stellte sich vor Karin auf:

„Und du kleine Schlampe bist die Detektivin! Fotos ohne Erlaubnis – das wird noch ein juristisches Nachspiel haben!"

Zur Ehefrau rief er:

„Freu' dich nicht zu früh. Ich habe dich bereits enterbt. Such' dir einen Lover, der deine Spielchen im Bett und deine ewig schlechte Laune aushält!"

Sie schrie fast hysterisch zurück:

„Deine Schlampe habe ich jetzt auf den Fotos gesehen. Das ist doch eine Nutte! Und ein Dummchen! Was anderes hast du nicht verdient!"

Karin wollte an den Mann vorbei zum Ausgang. Der packte sie am Arm mit festem Griff:

„So kommst du Biest mir nicht davon!"

Seine Ehefrau schrie:

„Lass die Frau los, sonst rufe ich die Polizei."

Der Mann war inzwischen rot angelaufen, riss Karin am Arm herum und gab ihr in seiner Wut eine heftige Ohrfeige. Sie riss sich los und als er sie von hinten erneut festhielt, drehte sich Karin um und stieß ihn zurück, so dass er leicht stolperte. Der Mann brüllte nur: „Raus! Raus!" Karin lief rasch aus der Wohnung und entspannte sich erst in ihrem

Golf. Sie beschloss aus dieser Erfahrung heraus, ihren Selbstverteidigungskurs fortzusetzen.

Als sie wieder in die Dorotheenstraße einbog, parkte sie ihren Wagen aber weit vor dem Büro. Im Wagen hatte sie einen kleinen Koffer mit Perücken, diversen Brillen, Mützen, Tüchern und einigen Kleidungsstücken. Für die Detektivarbeit war es oft nötig, sich zu verkleiden. Sie nahm eine rote Kurzhaarperücke und eine hässliche Brille und lachte, als sie sich damit im Spiegel betrachtete. Dann ging sie auf der Straßenseite wo der dunkelgrüne Golf stand langsam entlang und schaute in fast alle Schaufenster. Als sie näher kam, sah sie wieder diese zwei Männer im Wagen, die zum Büro schauten. Sie notierte unauffällig das Kennzeichen und ging einfach vorbei, bog bei der nächsten Straße rechts ab und kehrte in einem großen Umweg zu ihrem Wagen zurück. Dann verstaute sie wieder die Perücke und die Brille und ging ins Büro, wo Tobias sie bereits erwartete. Sie spürte, dass er ungeduldig war und am liebsten sofort nach Frankfurt aufgebrochen wäre.

„Bevor wir nach Frankfurt fahren, habe ich noch einige andere Dinge zu erledigen",

sagte sie schon im Hereinkommen. Tobias stand aus seinem Ohrensessel auf und hatte einen

Becher Kaffee in der Hand. Sie erzählte von dem Vorfall, der sie aber nicht weiter belastete.

„Und" ergänzte Karin, „wir werden beobachtet und müssen uns einen Plan ausdenken, wie wir die beiden Typen da im Golf abschütteln können. Der ältere Mann sieht richtig gefährlich aus. Ich war jetzt mal nahe dran. Ich habe da schon eine Idee."

Tobias setzte sich wieder in seinen Ohrensessel und fragte: „Ja, sag!" –

„Nein, ich muss noch einen Kurs absagen, mit Tina telefonieren, wann es weitergeht und – leider – noch von meiner Mutter unsere schwarze Tasche abholen, die ich dort vor dem Urlaub vergessen habe. Die werden wir gut gebrauchen können."

Tobias wusste, dass sie schon alles in ihrem Kopf durchgeplant hatte. Karin war ursprünglich gelernte Physiotherapeutin, verdiente aber seit Jahren ihr Geld als Trainerin in einen Fitnessclub für Frauen. Ihre Chefin hatte kürzlich sogar die Teilhaberschaft an dem Laden angeboten und Karin wollte das noch mit Tobias beraten. In ihrer Arbeit war sie absolut zuverlässig und gut.

Tina war ihre Nichte und ihr Patenkind. Sie war das jüngste Kind ihrer Schwester Verena. Tina war gerade 14 geworden und seit einem Jahr bei Karin im Trainingskurs, neuerdings auch im Kurs für Selbstverteidigung, den Karin für besonders wichtig hielt. Das Mädchen war für ihr Alter recht groß und kräftig und hatte großen Spaß am Training. Karin rief zuerst bei ihrer Schwester an, um mit Tina zu sprechen. Tina durfte ihr Smartphone zuhause nicht benutzen. Ihre Mutter war sehr streng auf Regeln bedacht und wollte die jüngste Tochter, deren Pubertät auf dem Höhepunkt zulief, engmaschig unter Kontrolle haben. Am Telefon war deshalb zuerst ihre Schwester Verena, die nach kurzer Begrüßung einen wichtigen und strengen Tonfall bekam:

„Du, bei dieser Gelegenheit: Es gefällt mir eigentlich immer weniger, dass du das Mädchen unter deine Fittiche nimmst. Unsere Erziehung hat klare und andere Ziele und dein Einfluss ist da überhaupt nicht förderlich."

Karin war zwar überrascht, kannte aber die Haltung ihrer Schwester bestens, weswegen sie oft Diskussionen hatten.

„Also, das Training fördert ihr Selbstbewusstsein, sie wird sich wehren können, wenn es sein muss und außerdem ist sie ein total aufgewecktes Mädchen, die sagt was sie denkt." –

„Wir werden das hier im Familienkreis noch einmal beraten, aber ich sage dir jetzt schon, dass ich deinen Einfluss auf sie schädlich finde."

Karin schluckte und sagte dann nur, dass für 2 Wochen das Training ausfällt. Verena und sie waren schon immer so unterschiedlich wie Feuer und Wasser. Verena war zwei Jahre älter als Karin und von Kind an – nach Ansicht von Karin – verklemmt und schüchtern. Ja, sie war in der Schule viel besser, hatte sogar soziale Arbeit angefangen zu studieren, brach aber das Studium ab, als es hieß, wir gründen eine Familie. Und dass sie mit Heinrich einen total dominanten Mann die Ehe eingegangen war, einem Mann, der alles bestimmte und sich moralisch jedenfalls in der Familie und in der Öffentlichkeit aufspielte, konnte Karin immer noch nicht verstehen.

Karin fuhr nun zu ihrer Mutter, um eine besondere Aktentasche zu holen. Als sie bei ihrer Mutter wegen dieser besonderen Tasche klingelte, machte sie ihr freudig auf und sofort Kaffee und war bestens gelaunt. Sie sah mit ihren 56 Jahren noch gut aus, war schlank, pflegte sich intensiv und könnte durchaus als „Ende 40" eingeschätzt werden. Sie trug ihr langes hell-oranges Gewand, das bis auf die Füße reichte und noch aus einer früheren Phase stammte, als sie es mit einem indischen Guru hatte.

„Hier nebenan im 3. Stock ist dieser junge Mann eingezogen. Ein junger Rechtsanwalt, total nett."

Ihre Mutter wollte ihr immer wieder andere Männer schmackhaft machen. Immerhin sei sie ja schon 35 und da tickt die Uhr und eine Frau muss dann langsam an die Zukunft denken. Karin ging darauf nie ein und wollte auch jetzt nichts davon hören. Sie erzählte ihrer Mutter, dass sie für einige Tage nach Frankfurt müssen. Sie braucht dafür diese schwarze Tasche. Es war eine Art Aktentasche mit cleverer Einteilung, in der auch eine Waffe unauffällig Platz hatte.

„Musst du schon wieder diesem Habenichts helfen?" Die Mutter schüttelte ihren Kopf. „Aber ihr seid doch hoffentlich zum Sommerfest bei Verena und Heinrich zurück?"

Karin bestätigte das, trank den zu starken Kaffee und als sie aufsah, fiel ihr nur auf, dass an der Wand im Wohnzimmer ein neues Bild hing. Ein nicht definierbares Geklekse, fand sie. Die Mutter ging gern auf Ausstellungen, Lesungen und Konzerte. Dabei wird sie dieses Bild wohl – und teuer – gekauft haben. Als die Mutter ihre Blicke sah, begann sie freudig und fast schwärmerisch zu erzählen:

„Das ist ein Gemälde von einem aufstrebenden Künstler. Ein sympathischer Mann, typisch Künstler natürlich, also nicht immer korrekt dem Anlass entsprechend gekleidet, aber zurückhaltend und nur der Malerei ergeben. Von dem wird man noch viel reden!"

Karin wollte nicht mehr wissen und sah ungeduldig auf die Uhr und wartete ab, bis ihre Mutter bei ihrer Schwärmerei eine Pause einlegte. Das war ein guter Zeitpunkt zum Gehen. Dieses ganze Gerede ihrer Mutter hielt sie nie lange aus. Sie nahm die Tasche und verabschiedete sich im Gehen. Ihre Mutter folgte ihr bis zur Wohnungstür und schüttelte unverständlich ihren Kopf. Die Lebensweise ihrer Tochter Karin gefiel ihr nie. Und in Südfrankreich war es nur peinlich, urteilte sie noch lange. Karin telefonierte aus dem Auto noch mit diversen Kursteilnehmerinnen, mit ihrer Chefin und einer Freundin. Jetzt fuhr sie wieder ins Büro zu ihrem Detektiv. Er war der erste Mann, der zu ihrem Lebensstil passte.

*

Tobias Alff wartete schon. Er hatte schon zwei Becher Kaffee und ein gut gekühltes Bier getrunken und stöhnte wegen der Hitze, die auch in seinem Büro herrschte. An Arbeit war nicht zu denken. Als Karin forsch hereinkam, stockte sie kurz:

„Was ist das denn für eine Hitze hier!"

Sie zog sofort ihre Sachen aus und ging unter die Dusche. Das Bad war sehr alt und der Duschkopf verkalkt, so dass das Wasser überallhin spritzte. Die Objekte stammten aus den frühen Sechziger und sahen entsprechend aus. Tobias reichte ihr ein Handtuch. Sie trocknete sich ab und setzte sich zu Tobias an den kleinen runden Tisch.

„Ich habe schon eine Idee!" sagte sie. „Ich besorge einen Leihwagen, fahre allein zur Raststätte Stillhorn und zwar auf der anderen Seite wo die Toiletten sind, also am hinteren Ausgang. Du fährst vorn vor, gehst durch den Toilettentrakt auf die andere Seite und wir fahren mit dem Leihwagen weiter."

Tobias hatte auch schon einen Plan ausgedacht, aber der von Karin war besser. So war sie. Immer intensiv, aktiv und eben eine richtige Power-Frau. Aber Tobias liebte sie deswegen.

Karin fuhr später allein in ihre Wohnung, um Koffer zu packen und den Leihwagen zu ordern. Nach der Wettervorhersage würde es auch in Frankfurt noch tagelang total heiß sein. In den Koffer kamen deshalb überwiegend leichte Sommersachen. Mitten drin, es war früher Abend, rief ihr Patenkind Tina an und ihre Stimme war ungehalten und laut:

„Stell dir vor: Ich soll nicht mehr mit dir Kontakt haben. Mama hat jetzt stundenlang auf mich eingeredet. Papa will es nochmal überdenken, hatte aber auch kein gutes Haar an dir gelassen. Und meine beiden eingebildeten Brüder fanden, dass Mädchen lieber zum Ballett gehen sollten." –

„Ich rede nochmal mit deiner Mutter, wenn ich aus Frankfurt zurück bin. Wir sehen uns dann sowieso zum Sommerfest bei euch."

Tina gab noch eine ganze Weile ihren Unmut kund und Karin hörte ihr verständnisvoll zu.

Sie war nun richtig sauer auf ihre Schwester. Sie und ihr Herr Heinrich wollten das Mädchen in eine Richtung pressen, die nicht zu ihr passte. Die beiden Söhne sollten auf jeden Fall studieren und Tina natürlich auch. Hautsache, die Fassade stimmte. Karin ärgerte sich darüber. Und ihre Schwester Verena war als Kind schon so komisch, dachte Karin bei sich und packte auch einen zweiten Koffer für Tobias.

Am nächsten Morgen rief die Leihwagenfirma gleich um 8 Uhr an. Das Fahrzeug stehe bereit. Ein schwarzer BMW X 1. Karin zog nur ein weißes sehr kurzes, aber weit geschnittenes Kleid an, das oben viel Einblick ermöglichte. Es war zu heiß, um noch etwas drunter zu haben. Und sie wusste, dass Tobias sie in diesem Kleid besonders reizvoll fand und lachte dabei in sich hinein. Sie liebte es, wenn er sie begehrend ansah. Sie ließ sich dann mit dem Taxi zum Auto-Center-Nord fahren und nahm den BMW in Empfang. An Tobias schickte sie nur eine bestätigende Kurznachricht und fuhr los in Richtung A 1. Nach fast einer Stunde erreichte sie die Raststätte „Hamburg-Stillhorn". Überall war Stau und man kam einfach nicht voran. Sie stellte sich an die Rückseite der Toilettenanlage der Tankstelle, stellte das Radio auf ihren Lieblingssender NDR 90,3 und wartete.

Inzwischen nahm Alff im Büro einen alten Koffer, der nur dem Anschein einer Reise diente und stellte ihn in den Kofferraum. Er zog alle Vorhänge zu, zog die Stecker von der Kaffeemaschine und verschloss die Bürotür. Hinter einer Glasscheibe der Außentür befestigte er ein Schild:

Betriebsferien bis 10. August 2019. Er stieg dann in seinen alten grauen Ford-Mondeo und fuhr los. Diesen alten Ford hatte er vor 3 Jahren sehr günstig von einem Bekannten gekauft. Inzwischen eine Klapperkiste, aber immer fahrbereit. Er tat ganz bewusst so, als ob er noch nichts von den Verfolgern bemerkt hätte. Alff fuhr langsam, ließ Drängler von der Seite freundlich vor und sah im Rückspiegel immer den grünen Golf, der ihm folgte. Er fuhr durch den dichten Stadtverkehr ohne Eile über die Auffahrt Hamburg Billstedt auf die A 1 und dann in Richtung Süden. Der Golf war zuerst nicht mehr zu sehen, wurde aber nach einigen Minuten wieder hinter ihm sichtbar. Sie hielten guten Abstand, um nicht aufzufallen. Alff fuhr wie geplant auf die Raststätte Hamburg-Stillhorn und parkte ganz ruhig vor den Toiletten. Er stieg aus und ging in den Toilettenbereich, der auch einen Ausgang zur anderen Seite hatte. Auf der anderen Seite wartete Karin mit dem BMW und er stieg sofort ein. Karin saß am Lenkrad. Tobias Alff sah sofort, dass sie nur ihr dünnes weißes Kleid trug, das fast zu viel durchschimmern ließ. Er mochte es besonders gern, weil sie darin so reizvoll aussah. Ihre langen blonden Haare hatte sie hinten zusammengebunden zu einem Pferdeschwanz. Sie war gut gelaunt, strahlte über das ganze

Gesicht und fuhr zügig los. Die Lautstärke des Autoradios drehte sie noch weiter auf und sang den einen und anderen Titel mit.

*

Der dunkelgrüne Golf stand etwas abseits auf einen Parkplatz in der Nähe der Toilettenanlage. Die beiden Männer hatten von dort eine gute Sicht auf den Eingang zu den Toiletten und konnten auch den alten Ford-Mondeo gut sehen. Sie warteten. Ben war ein junger Mann oder besser noch ein Jugendlicher, angeblich gerade 17 Jahre alt geworden, aus einer Jugendeinrichtung vor zwei Jahren geflohen und seitdem zuerst als Stricher, dann als Drogendealer für die Organisation tätig bis er vor etwa einem Jahr von einem gefährlich aussehenden Typ für neue Aufgaben angeheuert wurde. Spezielle Aufgaben und gut bezahlt hieß es. Die Organisation wusste, dass Ben ein PC-Freak war, Passwörter knacken konnte und viele technische Kenntnisse hatte. Das wurde immer wichtiger. Und viele andere Dinge konnte er ja noch lernen. Aber totale Loyalität und Verschwiegenheit waren die strengen Gebote. Ben fühlte sich geehrt. Aber er kiffte trotzdem weiter und war manchmal nicht so konzentriert. Er wurde Partner von Georg, der Weisung bekam, Ben zu formen. Nur widerwillig stimmte er zu. Er betrachtete jetzt wieder den Jungen: Milchgesicht, dunkelblonde längere Haare, immer einen Kopfhörer auf, einen Joint zwischen den Lippen und auffallend jungenhaft. Sollte er den Vater spielen? Georg hatte sich schon beim „Boss" beschwert. Er sei kein Kindermädchen und diesen Jungen kann er nicht gebrauchen. Aber der Boss bestand darauf. Ben mimte immer den coolen Typ. Sein Problem: Er war nicht wirklich zuverlässig. Entweder kam er zu spät oder vergaß wichtige Dinge, war oft nicht bei der Sache und ließ sich leicht ablenken. Das war für Georg fast unerträglich, da kam immer Wut hoch. Er gab ihm mehrmals ernsthafte Ermahnungen, beherrschte sich lange, aber es wurde nicht besser. Vor allem hasste Georg die Joints, die Ben sich laufend ansteckte. Da war es vor drei Monaten soweit. Georg schimpfte lautstark und als Ben dann noch frech-cool reagierte schlug er zu. Georg ohrfeigte ihn hart, aber er schlug nicht mit der Faust. Mit einer letzten heftigen Watschen und einem Aufschrei sank Ben an einer Wand zu Boden und hielt beide Hände vors Gesicht. Da war der kleine Kiffer am Ende und begann sogar zu weinen. Georg zog genervt die Augenbrauen hoch, schüttelte den Kopf, brummelte unverständlich und konnte sich seitdem einer gewissen Zuneigung nicht erwehren. Er übernahm eine Art Vaterrolle, obwohl ihm immer Zweifel kamen, ob er sich das antun sollte.

Georg selbst war 58 Jahre alt, ziemlich groß und bullig mit deutlichem Übergewicht. Er hatte Glatze, war fast überall tätowiert, trug Goldringe und ein Goldkettchen mit Kreuz. Sein Hemd war immer durchgeschwitzt. Er sah gefährlich aus. Pokerface, muskulöse Arme, stechender Blick und jeder spürte, dass dieser Mann schnell brutal werden könnte. Meistens war er schlecht gelaunt und fluchte laut, wenn Ärgernisse auftraten. Er hasste Ärgernisse und Hindernisse aller Art. Aber am furchterregendsten waren seine cholerischen Anfälle. Dann schrie er laut mit heiserer tiefer Stimme herum. Hals und Kopf liefen dunkelrot an. Georg stieß dann nicht nur alle möglichen Flüche aus, sondern auch massive Drohungen. Seine Lippen bekamen dann eine seltsam rechteckige Form und man musste damit rechnen, dass er jeden Moment gewalttätig werden würde. Aber seit etwa zwei Jahren endete der Anfall vorzeitig mit aufkommender Luftnot, die ihm immer mehr zu schaffen machte. Damit hatte er seit langem zu tun, was für sich genommen schon mit Flüchen belegt wurde. Die verbalen Attacken endeten dann leiser werdend und von Husten und Röcheln begleitet mit Drohungen letztlich gegen alle und alles. Ben war anfangs immer sehr erschrocken, wenn es losging. Inzwischen blieb er total cool, was Georgs Luftnot noch vorzeitiger eintreten ließ. Vor einem Jahr erlitt Georg noch dazu einen Bandscheibenvorfall, der ihm immer wieder Schmerzen verursachte. Er bewegte sich deswegen weniger und nahm aber aufgrund seines unbändigen Appetits weiter zu. Er aß immer riesige Mengen an Fleisch und hinterher reichlich Bratkartoffeln oder Pommes. Seine kriminelle Karriere konnte sich aber sehen lassen: Schwere Körperverletzung, Raub, Vergewaltigung, Widerstand gegen die Staatsgewalt und dergleichen mehr. Er saß schon mehrere Jahre im Knast. Für den „Boss" arbeitete er schon gut 20 Jahre, war immer für das „Grobe" zuständig. Da wurde dann kurzer Prozess gemacht. Lange Diskussionen hasste er sowieso. Mit Frauen hatte er schon lange nichts mehr im Sinn. Wenn es sein musste, ging er in Hamburg zu einer Nutte in der Herbertstraße, die er lange Jahre kannte. Sie war der mütterliche Typ, mit üppigen Körperformen und redete nicht so viel. Ihre Dienste schätzte er früher mehr als heute. Sie sah inzwischen sehr verlebt aus, alles was sowieso schon etwas zu sehr hing, war der Schwerkraft noch mehr zum Opfer gefallen und ihre Kunststücke im Bett waren auch nicht mehr das was sie früher waren. Der „Boss", dessen Namen er nicht kannte, meldete sich fast nur per Handy. Georg durfte ihn nicht wirklich kennen. Er gehörte zu einer anderen Ebene der Organisation, erteilte klare Aufträge und als Georg ihn vor 2 Jahren das erste Mal persönlich traf, machte der „Boss" auf ihn so einen gefährlichen und unheimlichen Eindruck, dass selbst er erschauderte.

Und jetzt war es Ben, der mit einem Basecap auf dem Beifahrersitz saß und aufgeregt rief:

„Da stimmt was nicht. Die wollen uns reinlegen!"

Georg sah ihn fragend an, warf den allerletzten Rest einer Zigarre aus dem Fenster und in dem Moment sprang Ben schon aus dem Auto und lief zur anderen Seite der Gebäude. Dort standen 3 Jugendliche herum und hielten Becher mit Cola vor sich.

„Hey! Was stand hier eben für ein Wagen?",

fragte er aufgeregt und baute sich drohend vor den drei Jugendlichen auf. Die waren angesichts seiner schmächtigen Figur und haspeligen Stimme wenig erschrocken und schwiegen cool. Einer der Jungen trat Ben sogar mutig entgegen. Er sah Ben von oben bis unten an und stellte sich breit vor ihm.

„Verpiss dich Du Knilch!"

Ben wurde schlagartig unsicher, wollte sich aber nichts anmerken lassen. Er zog nämlich bisher bei körperlichen Auseinandersetzungen meistens den Kürzeren. In der Schule waren ihm nicht nur fast alle gleichaltrige Schüler, sondern auch einige Mädchen körperlich überlegen. Er war als Kind so zierlich, dass er manchmal für ein Mädchen gehalten wurde. Im Grunde war er deshalb immer schon unsicher und ängstlich, verbarg es jetzt nur gut. Er lernte schon von Kind an, immer eine „Rolle" zu spielen. Angesichts der Drohung durch den Jungen fragte er nun eher kleinlaut:

„Wer hat denn was gesehen?" –

„Ja, da war ein schwarzer BMW, so ein SUV."

Ein anderer ergänzte mit einem schiefen Grinsen:

„Ein X1, ja ein BMW X1 mit einer geilen Braut am Steuer."

Ben lief zurück, sprang in den Wagen und im Nu fuhren sie mit Vollgas los. Georg fluchte laut:

„Wir müssen die unbedingt einholen! Die haben uns tatsächlich gelinkt und ich dachte, dass die noch nichts bemerkt hatten. Wir dürfen diesen Detektiv nicht unterschätzen." Er fügte dem Gesagten noch einige seiner üblichen Flüche an.

Sie fuhren nur auf der linken Spur, überholten alle und hupten oder drängelten mit dem Fernlicht. Ständig fluchte Georg über andere Verkehrsteilnehmer, die seinem Fortkommen hinderten. Georgs Blutdruck stieg sichtlich und da bekam er seinen ersten cholerischen Anfall, als sich zwei große Lkw ein Rennen lieferten und sie auf der linken Spur nicht vorbei kamen. Georg hupte ständig, schrie und fluchte bis der aufkommende Husten seine Schimpftiraden beendete. Beide wurden immer unsicherer, ob sie den BMW noch erreichen konnten. Endlich! Nach über einer Stunde sahen sie den schwarzen BMW auf der rechten Spur weit vor sich. Der Wagen fuhr nicht besonders schnell. Georg blieb auf weitem Abstand und immer hinter ein oder besser zwei anderen Fahrzeugen, um nicht gesehen zu werden. Jetzt atmete Georg hörbar schwer aus und beruhigte sich.

„Da haben wir aber nochmal Glück gehabt!" rief er aus.

Ben hatte das Fernglas und vergewisserte sich, dass die beiden Insassen im BMW auch die richtigen Personen waren.

„Ja, die sind das! Die Frau ist auch dabei" rief er Georg zu.

Sie fuhren nun immer im sicheren Abstand hinterher bis der BMW irgendwann in Richtung Hannover rechts blinkte. Die Ausfahrt zur Raststätte „Allertal" an der A 7 lag vor ihnen.

*

Tobias Alff musste seit Jahren immer häufiger pinkeln. Karin fuhr deshalb jetzt zur Raststätte „Allertal" an der A 7 nicht weit vor Hannover und sie hielten direkt vor dem Toilettentrakt der Tankstelle. Er hatte es eilig und ärgerte sich darüber und nahm sich wieder vor, demnächst mal einen Urologen aufzusuchen. Karin ging auch, aber eher vorsorglich zur Toilette. Als er erleichtert zurückkam, saß sie schon wieder im Auto. Er schlug ihr vor, dass sie in Göttingen im InterCity-Hotel, das er aus früheren Aufträgen kannte, übernachten könnten. Das Hotel lag nicht weit von der Autobahnzufahrt entfernt in Bahnhofsnähe. Es war schon später Nachmittag. Die große Hitze machte Tobias trotz Klimaanlage müde. Auch das war etwas, was er bald ärztlich abklären sollte. Karin fuhr den BMW sofort wieder auf die Autobahn, sang einen Song aus dem Radio laut mit und war offensichtlich allerbester Laune. Tobias bekam dagegen Kopfschmerzen und saß schweigend auf dem Beifahrersitz. Nach etwa 2 Stunden erreichten sie die Abfahrt Göttingen-Mitte und fuhren direkt zu dem Hotel. Sie parkten auf dem Hof des Hotels, stiegen mit ihren Koffern aus und buchten ein Doppelzimmer. Beide waren sich sicher, ihre Verfolger abgeschüttelt zu haben. Sie legten sich eine Stunde zur Entspannung auf das große Doppelbett. Tobias hatte Probleme mit der Hitze und von der Fahrt bekam er leichte Kopfschmerzen. Nachdem beide sich noch frisch gemacht hatten, gingen sie in das Hotelrestaurant. Die Speisekarte war bescheiden. Die Bedienung, ein junges Mädchen mit blondem Zopf und kurzem Service-Kleid in schwarzer Farbe war auffallend hübsch. Tobias musterte sie freundlich zugewandt und gab seine Bestellung auf. Karin bestellte nur einen großen gemischten Salat. Tobias dagegen ein großes Schnitzel und Bratkartoffeln, was er später nach Sättigung und Völlegefühl bereute, denn er wollte eigentlich abnehmen. Dafür fehlte ihm immer noch der feste Wille. Und mit dem „eigentlich" war es so eine Sache, was für ein komisches Wort überhaupt! Karin suchte aus der Weinkarte einen trockenen Grauburgunder aus. Bei diesen angenehm kühlen badischen Weißwein gingen sie ihre Planungen nochmal durch und saßen dazu noch lange in der Hotelbar.

*

Georg fuhr auf einen Parkplatz gegenüber vom Hotel und zwar dort in zweiter Reihe, so dass der Golf kaum zu sehen war. Ben drehte sich einen Joint und bekam böse Blicke von Georg.

„Das muss bald vorbei sein!" sagte er streng und fluchte laut.

Ben zuckte nur mit den Schultern und grinste frech. Ben konnte mit seiner Art so richtig provozieren und Georg gefiel das nicht. Er wollte aus Ben einen harten Typ machen, auf den er sich verlassen konnte. Da halfen Schläge nichts, sondern hartes Training, Selbstbewusstsein.

„Wenn wir zurück sind, gehst Du mit mir wieder regelmäßig in die Muckibude und später zum Boxtraining!"

Georg sagte das in einem richtigen Befehlston. Aber Ben hatte die Kopfhörer auf und spielte mit dem Smartphone irgendein Spiel. In die

Muckibude, ein Sportstudio der Organisation, war Ben trotz Weisung nur zwei Mal mitgegangen. Er hatte wenig Lust, dort zu trainieren. Außerdem schämte er sich, als er sah, dass alle anderen mit großen Gewichten trainierten und welche Muskelpakete die hatten. Er war dagegen schmächtig und konnte nur die leichtesten Gewichte nutzen. Als Georg ihn auch noch zum Boxtraining vorstellte, sah der bullige Trainer ihn nur prüfend an und brummte: „Ich trainiere keine Kinder!"

Beide schlichen sich nach Einbruch der Dämmerung vorsichtig zum Hotelhof und sahen den BMW dort stehen. Georg zu Ben:

„Hol' die Peilsender aus dem Koffer. Die dürfen uns nicht wieder entwischen und mit dem Peilsender können wir die Verfolgung ruhiger angehen."

Sie hatten allerlei technische Geräte und auch ein Fernglas und eine gute Kamera immer in einer großen schwarzen Reisetasche dabei. Ben war inzwischen Spezialist mit diesen Dingen. Ein Typ aus der oberen Ebene der Organisation hatte ihm noch die letzten Kenntnisse beigebracht. Damit konnte er glänzen und kam sich wichtig vor. Georg sah nur staunend zu, hob die Augenbrauen und misstraute im Grunde dieser modernen Technik. Er hatte bisher einige Aufträge zur Industriespionage, die üblicherweise mit Erpressung leitender Angestellter einhergingen. Manchmal musste mit Gewalt nachgeholfen werden. Und da war Georg immer der Richtige. Solche Jobs sollten nun mit Ben cleverer angegangen werden. Georg konnte sich das nicht wirklich vorstellen. Klare Worte am Küchentisch, eine unterschwellige Drohung, notfalls mal zuschlagen, das waren seine langjährigen Erfolgsrezepte. Ben lief zurück und holte einen Peilsender. Sie testeten den Sender und stellten ihn so ein, dass auf einem Tablett der Standort des Senders angezeigt wurde. Georg staunte über die Technik und brummte etwas unwillig. Ben befestigte im Schutz der Dunkelheit den Sender unsichtbar unter dem Wagenheck.

Beide verbrachten die Nacht dann im Auto. Georg ließ nun nicht locker:

„Du musst trainieren. Wenn es gefährlich wird, muss du zuschlagen können. Dieser technische Kram wird allein nicht genügen. Hast Du überhaupt schon mal jemanden verprügelt, im Heim oder in der Schule zum Beispiel?"

Ben schwieg eine Weile. Das Thema war ihm peinlich.

„Ja, einmal in der Schule." –

„Und was war da los?" –

„Ein Junge griff mich auf dem Schulweg an. Ich war 11 und schlug zurück bis er abhaute." –

Georg lachend: „Und wie alt wer der?"

Ben schwieg. Georg weiter:

„Na sag schon. Der war jünger, ja, oder?"

Ben nickte nur und sah abweisend und ertappt aus dem rechten Autofenster. Er mochte das Thema nicht.

„Und an Mädchen hast Du Dich nie rangetraut – oder?"

Ben schwieg und drehte sich einen Joint. Das lenkte ihn von allen Problemen ab. Georg wusste von seiner Vergangenheit kaum etwas und Ben erzählte nur wenig, da sich viele Dinge nicht erklären ließen und auch peinlich waren. Er hatte schon mit 13 kurzzeitig härtere Drogen genommen und die Schule geschwänzt. Aber die Drogen halfen nicht, er war einfach immer ein Versager und litt darunter, körperlich nicht mit den anderen mithalten zu können. Da fand er keine andere Lösung außer Drogen und eine Traumwelt. In der

Schule lief es nicht gut. Er blieb zwei Mal sitzen und zuhause lallte die betrunkene Mutter. Da ihn viele Mitschüler mobbten, zog er sich immer mehr zurück und wollte nicht wieder zur Schule. All das konnte man niemanden erzählen! Eines Tages wurde er in ein Heim eingewiesen, weil seine alleinerziehende Mutter nur noch trank und ihn schlug. Dort wurde er zum weiteren Drogenkonsum verleitet. Ein älterer Junge zwang ihn, zu dealen. Als er keinen Ausweg mehr wusste, floh er mit 14 aus dem Heim und dealte für zwei brutale Typen. Der eine von ihnen, ein brutaler Mann mit untersetzter Figur, nahm ihn zu sich nach Hause und schickte ihn mit Gewalt als Stricher auf die Straße. Die Freier waren Pädophile oder Schwule, die zu einer Art Stammkundenkreis gehörten und immer wieder kamen. Von dem Mann, der ihn aufnahm, wurde er oft geschlagen, zeitweise eingesperrt und angebunden. Er fügte sich letztlich seinem Peiniger. Nach fast einem Jahr wurde Ben depressiv, sprach kaum etwas und wollte sich am liebsten umbringen. Als er dann als Stricher von einem neuen Freier mitgenommen wurde, nutzte er die Gelegenheit und floh. Ein früherer Dealer, den er von der Straße kannte, nahm ihn kurzzeitig auf, brachte ihn dann zur Organisation und bald zu Georg, der sich trotz

Bedenken immer mehr wie ein Vater verhielt. Ben fühlte sich nun immerhin gebraucht und war stolz, mit Georg zusammen zu sein. Aber er war es gewohnt, immer alles vorzuspielen und bei Georg spielte er gern den ober-coolen Typ. Er bewunderte Georg und hatte gleichzeitig Angst vor ihm. Seine Art imitierte er gern, obwohl es aufgesetzt wirkte. Georg hatte eigentlich immer schlechte Laune und weiterhin Zweifel, ob er aus diesem Jungen noch einen harten Typ machen könnte.

*

Karin und Tobias frühstückten gemütlich im Hotelrestaurant. Sie hatten es nicht eilig. Tobias aß aber einfach zu viel von den frischen Brötchen und bekam erneut ein Völlegefühl, das für die bevorstehende längere Fahrt nicht gut war. Ihm wurde wieder klar, dass er seine Essgewohnheiten ändern müsse. Sie packten dann alles ein und merkten schon früh, dass es sehr heiß werden würde. Die Wettermeldungen kündigten Temperaturen über 30° an. Karin zog knappe Hotpants an, eine dünne weiße Bluse und natürlich wie immer nichts darunter. Sie war eine sehr selbstbewusste und selbstständige Frau, die keine Angst oder Peinlichkeit kannte. Sie war zwar

Partnerin von Tobias, aber eine Ehe mit ihm konnte sie sich nicht vorstellen. Tobias machte das zwar hin und wieder zum Thema, aber sie lachte nur abweisend. Sie hatte schon einige Beziehungen hinter sich, aber wenn die Männer zu dominant wurden oder Familienplanungen ansprachen oder auf einmal tütenweise Schmutzwäsche mitbrachten, war bei ihr Schluss. Ihre Mutter war von Anfang an gegen ihre Beziehung mit Tobias Alff. Dieser Detektiv stellte nichts dar, so war ihre Meinung. Karin war nicht auf Ansehen aus. Sie wollte leben wie sie es gut fand und vor allem von niemanden bevormundet werden. Sie hatte ein durch und durch fröhliches Wesen. Immer für einen Spaß zu haben. Tobias dagegen war schon einmal verheiratet. Alles ging schief und endete in einer Katastrophe. Nach 3 Jahren war Schluss. Seine Tätigkeit als Detektiv hielt ihn finanziell nur knapp über Wasser. Ihm kamen immer wieder Zweifel, ob er nicht einen anderen Beruf ergreifen sollte. Immer wieder bezahlte Karin einige Rechnungen oder die Büromiete. Beide wohnten in Karins Zwei-Zimmer-Wohnung in Altona. Sie nahm Tobias dort auf, aber mit diversen Bedingungen. Es durfte in ihrer Wohnung nicht geraucht werden, die Schuhe waren auszuziehen und eine gewisse Ordnung war Pflicht.

Karin half ihm oft und gern bei den Aufträgen. Sie hatte Spaß daran, zu ermitteln und Menschen zu beobachten. Es waren immer interessante Situationen, oft tragisch, manchmal zum Lachen und nie langweilig. Gefährlich wurde es nur einmal. Da wurde sie von einem Ehemann in einem Biergarten mit dem Fotoapparat gesehen. Der kam total aggressiv zu ihr und wollte die Kamera entreißen. Karin floh und er holte sie doch ein. Es gab eine Rangelei und sie konnte sich so gut wehren, dass der Mann schließlich brutal mit der Faust zuschlug. Sie fiel hart zu Boden, war kurz bewusstlos und er nahm die Kamera weg. Aus Wut trat er ihr noch in die Seite als sie schon am Boden lag. Das war für sie Anlass, nicht etwa ängstlich zu werden, sondern noch intensiver Techniken zur Selbstverteidigung zu erlernen. Das war schließlich auch für die Detektivarbeit nützlich.

Tobias Alff setzte sich für den nächsten Streckenabschnitt ans Steuer und fuhr los. Er trug wegen der Hitze eine dünne Baumwollhose und ein weites schwarzes Tshirt. Ohne Klimaanlage wäre es im Auto kaum auszuhalten. Karin saß neben ihm und studierte eine Straßenkarte und wechselte ständig die Sender im Radio, weil ihr die Musik jeweils nach kurzer Zeit nicht gefiel. Sie kamen gut voran, kein Stau, wenn auch viel Verkehr. Bald bogen sie auf die A 5 in Richtung Frankfurt ein.

*

Die Tanknadel zeigte auf Reserve und Georg fuhr die nächste Raststätte zum Tanken an. Er schwitzte und rauchte eine dicke Zigarre. Sein Hemd war total nass, von der Stirn tropfte es. Außerdem machte sein Rücken ihn beim Aussteigen zu schaffen. Das alles drückte seine Laune deutlich.

„Schweineteuer hier" fluchte er als er die Benzinpreise an der Anzeigesäule sah, „aber tank trotzdem voll!"

Georg wollte inzwischen in den Tank-Shop gehen, um Bierdosen und einige Naschereien zu kaufen, merkte dann aber auf halben Wege, dass er seine Brieftasche im Auto hatte liegen lassen. Er lief wieder zurück zum Wagen und sah mit Schrecken, dass Ben statt Diesel, Superbenzin tankte. Er hatte seine Kopfhörer auf und war völlig abgelenkt. Georg schrie:

„Scheiße! Halt auf! Der falsche Treibstoff! Spinnst Du?"

Georg fluchte laut und ärgerlich entriss er Ben den Benzin-Schlauch. Der sah ihn erschrocken an und wusste zuerst gar nicht, was er wollte. Es war aber zu spät.

„Das muss alles abgepumpt werden und zwar schnell", schrie Georg und beherrschte sich mühsam, letztlich aber nur der Hitze wegen.

Seine Laune war auf einen absoluten Tiefpunkt angekommen. Da konnte er leicht explodieren und gewalttätig werden. Beide schoben zunächst den Wagen auf einen Parkplatz vor dem Tank-Shop. Georg schnaufte schwer, bekam einen Hustenanfall wegen seiner Luftnot und warf die Zigarre, die nur halb aufgeraucht war, weit von sich. Wütend befahl er scharf:

„Du kümmerst Dich jetzt sofort darum, dass ein Hansel hier von der Tankstelle alles absaugt. Der Boss ruft nämlich jeden Moment an."

Georg ging ein Stück Abseits auf und ab und wartete auf den verabredeten Anruf. Die Hitze machte ihm immer mehr zu schaffen. Ben lief inzwischen in den Tank-Shop und versuchte, einen Techniker zu bekommen und kam mit einem Mann im Blaumann heraus. Genau in diesem Moment war der Boss am anderen Ende und erkundigte sich zum Sachstand. Georg berichtete ihm:

„Ja, wir sind ganz nah dran...alles läuft nach Plan...nein, keine Probleme."

Georg sah allerdings beim Telefonieren zum Wagen. Ein hagerer älterer Mann im Blaumann stand bei Ben, die Hände mit ratloser Geste oben, dann wieder zurück in die Hosentaschen und ständig den Kopf schüttelnd, während Ben auf ihn einredete. Georg fluchte als er das Gespräch beendet hatte und ahnte neue Probleme. Er hasste Probleme. Die Absaugpumpe war defekt. Eine andere könnte frühestens am nächsten Tag mit der Reinigungskolonne mitgeliefert werden. Georg fluchte so laut, dass sich einige Leute, die in den Tank-Shop gingen oder gerade herauskamen, zu ihm umsahen. Der Schweiß lief Georg von der Glatze über das Gesicht. Ben wusste, dass die augenblickliche Gesamtlage jeden Moment einen schweren cholerischen Anfall auslösen könnte, aber Georg lehnte sich nur schwer atmend gegen den Wagen und wischte sich mit einem Hemdärmel den Schweiß von der Stirn. Beide setzten sich dann in den Wagen und versuchten, einen neuen Plan zu fassen. Georg wollte nicht warten und war entschlossen, hier auf dem Rastplatz mit den vielen Parkplätzen den Wagen zu tauschen. Sie mussten jemanden mit Gewalt aus dem Auto zerren, aber nicht verletzen oder gar erschießen, weil sie dann die Polizei hinter sich hätten. Beide gingen nun in der Tageshitze - immerhin zeigte das Thermometer im Auto 32° an - langsam über die Parkplätze und musterten die parkenden Fahrzeuge. Zunächst zeigte sich keine Gelegenheit für einen Zugriff. Wieder und wieder liefen sie hin und her über die weiten Parkflächen. Ben fiel nach einer ganzen Weile ein alter VW Passat Kombi auf, der ziemlich am Ende der Parkplätze stand und gerade von der Autobahn gekommen war. Der Wagen war dunkelbraun, verschmutzt und ein älteres Modell. Ein älterer Mann saß auf dem Fahrersitz, hielt aber beide Beine seitlich aus dem Auto. Es schien ihm schlecht zu gehen. Andere Personen waren nicht im Wagen und auch nicht in der Nähe. Ben machte Georg darauf aufmerksam. Als er auch hinsah nickte er sofort. Beide gingen langsam zu dem Wagen und Georg fragte den alten Mann:

„Geht es Ihnen nicht gut? Können wir helfen?"

Der Mann mit völlig ausdruckslosen Gesicht und grauer Kleidung stieg schwerfällig aus und schüttelte nur den Kopf.

„Dann fahren WIR jetzt weiter!" sagte Georg hart und stieß den Mann grob zurück. Der hielt sich mühsam auf den Beinen, wehrte sich aber nicht, blieb dann fast teilnahmslos stehen und sagte auch weiter kein Wort. Ben und Georg stiegen schnell ein. Ben warf die große Reisetasche auf die Rücksitze und Georg startete den alten Wagen und fuhr los. Dann sah er, dass der alte Mann ihnen noch zuwinkte. Das fanden beide seltsam, aber Georg und Ben waren froh, so einfach ein Fahrzeug zu nehmen, auch wenn es eine alte Kiste war. Sie fuhren zielstrebig auf die Autobahn. Der alte Passat kam leider nur langsam auf Touren und hatte keine Klimaanlage. Und das bei der Hitze!

*

Nach Stunden kamen Tobias und Karin in Frankfurt an und quälten sich durch den Berufsverkehr. Es war total heiß, über 30° und beide waren müde und schwitzten. Karin bereute bei sich, dass sie die Hotpants angezogen hatte, die viel zu eng waren, jedenfalls bei diesen Temperaturen. Es war einfach zu warm. Sie buchten im Hotel Central beim Hauptbahnhof Süd in der Mannheimer Straße ein Doppelzimmer für zunächst drei Tage und konnten den Wagen in der Hotel-Tiefgarage abstellen. Das Zimmer lag im 5. Stock mit Fenster zum Bahnhof.

Tobias meinte als er sich auf das Bett legte, dass sie mit dem Auftrag wohl schnell fertig werden würden. Er wäre jedenfalls froh, wenn sie diesen geheimnisvollen Auftrag bald hinter sich hätten. Immerhin lockten auch noch weitere 10.000 Euro Erfolgshonorar. Karin sah, dass er sich zuerst ausruhen wollte und erwiderte:

„Trotzdem sollten wir keine Zeit verlieren. Ich gehe schon mal in den Bahnhof und schaue wo dieser Imbiss ist. Du kannst ja schon mal alles auspacken und ordentlich, also meine Sachen auf einen Bügel, in den Schrank hängen."

Tobias sah sie mit hochgezogenen Augenbrauen an. So war sie, schnell eine Anweisung, schnell einen Plan und Tobias nickte nur und fühlte sich etwas überrumpelt. Sie zog trotz der Hitze jetzt eine enge Jeans über und ein dünnes Top. Da sie lieber einmal mehr vorsichtig war, zog sie eine dunkle Perücke über, die ihre blonden Haare vollständig aufnahm. Jetzt galt es unauffällig zu sein. Sie prüfte im Spiegel ihr Aussehen und war zufrieden. Sie verließ das Hotelzimmer und Tobias begann, die Koffer auszupacken. Als Karin die Bahnhofshalle betrat, kam ihr die leichte kühle Luft mit leichtem Durchzug entgegen, wie es in solchen Bahnhöfen zu erwarten war. Wie immer wimmelte es im

Bahnhof von eiligen Menschen, die mit ihren Koffern den richtigen Bahnsteig suchten oder zum Ausgang strebten. Einige Penner und Junkies standen an vielen Stellen herum und warteten auf ein Opfer, das ihnen etwas Geld geben würde. Auch Karin wurde von einem jungen Junkie angesprochen. Sie wies ihn streng ab und ging einfach weiter. Neben den üblichen blechern klingenden Durchsagen war die Geräuschkulisse im Bahnhof recht hoch. Sie schlenderte nun langsam durch die Halle und ganz am Ende sah sie den „Orient-Imbiss". Davor gab es einen hohen länglichen Tisch mit Barhockern und einen weiteren kleinen Stehtisch ohne Sitzgelegenheit. Hinter dem Tresen waren zwei junge Männer, die sehr südländisch aussahen und alle Hände voll zu tun hatten, um die anstehende Schlange von ständig 5 bis 6 Personen bedienen zu können. Am länglichen Tisch davor saßen drei ältere Männer auf den Barhockern und aßen aus Pappschalen und tranken Bier. Sie hatten es offenbar nicht eilig. Am Nebentisch stand eine Chinesin in einem engen schwarzen Kleid und schwarzen Stiefeln und hatte ein Glas Cola vor sich. Die meisten Kunden gingen aber mit ihrem Getränk oder einer Pappschale weiter. Ihr kam jedenfalls nichts verdächtig vor. Als sie wieder in Richtung Hotel ging, fiel ihr ein, dass sie ihre Mutter anrufen wollte. Aber die Gespräche mit ihrer Mutter waren immer nervig. Karin fühlte sich als das schwarze Schaf in der Familie. Sie war die jüngere von zwei Schwestern. Ihre Schwester Verena war mit einem reichen Kaufmann verheiratet und hatte zwei Söhne und Tina, das Patenkind von Karin. Verena hatte sich eine vornehme Art angewöhnt. Sie war das totale Gegenteil von Karin. Sie war durchaus attraktiv, ebenfalls blond, etwas größer als Karin, aber zurückhaltend, passiv und zugeknöpft. Sie lebte mit Familie in einer schönen alten Stadtvilla am Feenteich an der Straße „Schöne Aussicht" in Hamburg. Das war der langjährige Familienbesitz ihres Gatten und seiner Familie. Ihre beiden Söhne, inzwischen 15 und 18 Jahre alt, waren recht eingebildet und besuchten eine Privatschule und der ältere von beiden hatte mehrere Tage in der Woche sogar einen Privatlehrer, der ins Haus kam. Karin mochte beide nicht. Mit ihrer Schwester hatte sie ein eher gestörtes Verhältnis. Wenn sie mal zu Besuch kam, ärgerte sich Verena über ihre offenherzige Kleidung. Tobias war ihr zu einfach gekleidet und als Detektiv irgendwie nicht wirklich standesgemäß. Sie bekam außerdem keinen Draht zu ihm. Ihr Gatte, Heinrich Blese, war 60 Jahre alt, auf besondere Weise attraktiv mit grauen Schläfen, schlank und groß und immer korrekt gekleidet. Aber er schaute Karin dann gern und ungeniert an und erinnerte sich gern an die heimliche Sexaffäre mit ihr, ein einmaliger Seitensprung vor Jahren, den er gern wiederholen würde. Verena war Hausfrau, hatte ihr Studium vorzeitig beendet und gehörte nun der sogenannten besseren Gesellschaft an. Sie trug teure Kleidung und ließ sich ihre Haare nur von einem Frisör gestalten. Die Mutter war stolz darauf und hoffte, dass Karin auch einen reichen Mann finden würde.

Ehe Karin ihre Mutter nun im Bahnhof anwählen konnte, kam sie ihr zuvor und beschwerte sich gleich, weil Karin nicht zurückrief.

„Kommt ihr wenigstens zum Sommerfest bei Verena? Du weißt doch, dass das unser jährliches Familientreffen ist. Heinrich ist das immer sehr wichtig."

Ihre Stimme klang gereizt obwohl Karin ihr schon vor der Abfahrt eine Antwort gegeben hatte. Karin antwortete nur, dass sie wegen eines Auftrages in Frankfurt sei und nicht wisse, ob sie zum Sommerfest zurück sei. Die Mutter dann mit völlig veränderter Tonlage, fast aufgedreht:

„Ich habe nämlich den Mann meines Lebens gefunden und werde ihn beim Sommerfest allen vorstellen!" –

„Das hatten wir doch schon zwei Mal!" erwiderte Karin etwas genervt.

„Ihr werdet sehen. Diesmal ist es anders und ich bin total glücklich."

Karin drehte mit den Augen und beendete nach kurzem belanglosen Hin und Her das Gespräch. Sie erinnerte sich, dass ihre Mutter schon zwei Mal die Beziehung mit Männern ihres Lebens nach großer Enttäuschung beendete, beim letzten Mal sogar mit katastrophalem Ende. Ihre „Männer des Lebens" waren immer irgendwelche Aufschneider oder Hochstapler. Karin sah so etwas sofort. Ihre Mutter war aber anfällig für Schmeicheleien und mochte gern bewundert werden.

*

Georg fuhr immer noch auf der Autobahn und sie fuhren nur knapp 100 km/h und kamen nicht schnell genug voran. Über 100 km/h wurden seltsame Schleifgeräusche hörbar, die nicht zuzuordnen waren. Georg verfluchte den alten Passat und schwitzte total, da es keine Klimaanlage gab. Im Wagen machte sich zudem immer mehr ein seltsamer Gestank breit. Georg kurbelte schon die Seitenscheibe herunter, aber es roch immer noch übel. Ben machte sich deswegen einen Joint und sah Georg fragend an.

„Was hat der Alte nur hinten geladen? Einen Haufen Müll oder was?" fragte Georg ärgerlich.

Der Geruch wurde immer unerträglicher. Selbst eine Zigarre half nur vorübergehend. Georg fuhr schließlich mit Wahnblinker auf den Seitenstreifen und hielt an, um nachzuschauen. Er stieg aus und öffnete die Heckklappe, die dringend geölt werden müsste. Dort lag irgendetwas unter einer alten grauen Filz-Wolldecke, die mit vielen Farbflecken versehen war. Solche Decken werden oft von Handwerkern als Unterlage gebraucht. Georg hob diese alte graue Wolldecke hoch. Und da stockte Georg der Atem. Hier lag die Leiche einer alten Frau, in zusammengekauerter Stellung auf einer Seite, voll bekleidet und daneben eine Schaufel und ein Spaten.

„Ach du Scheiße! Der Alte hat seine Frau umgebracht und wollte die nun irgendwo verscharren!" schlussfolgerte Georg sofort und pfiff durch die Lippen.

Er ließ die Wolldecke wieder fallen. Der üble Geruch kam von der Leiche, die bestimmt schon ein oder zwei Tage hinten im Passat lag. Georg fluchte laut und beschloss:

„Wir müssen die Leiche schnell loswerden! Diesen Gestank halte ich nicht mehr lange aus."

Ben meinte, gleich hier am Autobahnrand. Georg schüttelte den Kopf:

"Schau mal, wie viele hier vorbeifahren und alles sehen würden. Wir überlegen uns dazu noch etwas. Laß' uns erst einmal weiterfahren."

Also fuhren sie auf der Autobahn mit diesem alten Kombi weiter. Georg hielt ein Taschentuch vor Mund und Nase. Ben drehte sich wieder einen Joint und hatte die Kopfhörer auf. Nach etwa einer Stunde Fahrt reichte es Georg, der von dem Gestank bereits Hustenanfälle bekam:

„Wir müssen von der Autobahn runter und die Leiche an einem einsamen Feldweg ablegen."

Georg war inzwischen völlig genervt und suchte eine baldige Möglichkeit, die Leiche loszuwerden. Dann sah er vor sich eine weitere Abfahrt kommen, die augenscheinlich in eine unbewohnte Wald- und Wiesengegend führte. Das war die Lösung! Er fuhr dort herunter, dann ein Stück die Bundesstraße, bog dann in eine kleine Nebenstraße ein und irgendwann sah er einen Feldweg, der zu irgendwelchen Wiesen führte. Häuser waren weit und breit nicht zu sehen. Am Rande war auch etwas Wald zu sehen. Ideal! Sie bogen in den Feldweg ein, der sehr sandig und holprig war. Der Passat drohte, sich im Sand festzufahren. Und dann passierte es. Der Passat drehte im trockenen Sand durch und kam nicht weiter von der Stelle. Georg stieß wilde Flüche aus und stieg aus, um die Lage zu beurteilen. Das rechte Rad des Vorderantriebs war im Sand eingesunken und drehte durch. Beide schoben nun mit aller Kraft den Wagen aus der Bodensenke. Georg lief der Schweiß von der Stirn und lehnte sich kurz an das Fahrzeug.

Dann fuhren sie noch ein kurzes Stück weiter und hielten doch lieber an, um nicht noch einmal im weichen Sand stecken zu bleiben. Georg stieg aus und sah sich um. Keine Menschenseele weit und breit. Auf einem Feld vor ihnen war ein großer Haufen Holzschnitt und Grünabfall zu sehen. Georg dachte sofort, dass sie dort die Leiche sogar ziemlich unauffällig untermischen könnten. Sie öffneten die Heckklappe und zogen die Frauenleiche heraus. Es stank furchtbar. Die

Leiche war schwerer als gedacht. Ben hielt die Beine und Georg fasste widerwillig die Leiche unter die Arme. Sie mussten nun ein ganzes Stück über das Feld bis zu dem Haufen gehen. Georg musste nur aufpassen, dass sein Rücken mitspielte. Deshalb ging er vorsichtig und langsam über das sehr unebene Feld. Kurz bevor sie den Haufen erreichten, hörten sie plötzlich ein Hundegebell. Und auf einmal war ein kleiner Rauhaardackel bei ihnen und machte höllischen Lärm. Etwas weiter entfernt hörten sie einen Mann den Hund mit „Bello" rufen. Die Rufe kamen immer näher. Georg fluchte laut und rief streng zu Ben:

„Umkehren, schnell!"

Sie drehten um. Und da passierte es. Ein falscher Tritt, eine unbedachte Drehung und die schwere Last der Leiche. Da schoss es stichartig in Georgs Rücken. Mit einem kurzen Aufschrei ließ er die Leiche fallen, stand gekrümmt da und hielt eine Hand hinten auf den Rücken.

„Los zieh' sie schnell allein zum Wagen!" rief er ärgerlich und heftig fluchend.

Ben schleifte die Leiche bei den Fußgelenken gefasst auf den Boden entlang. Das war sehr anstrengend und er musste zweimal kurz innehalten. Georg schrie verärgert: "Los, schneller!" und kam humpelnd hinterher. Er ging total schief mit schmerzverzerrten Gesicht. Sein Bandscheidenvorfall vor einem Jahr und jetzt eine Art Hexenschuss minderten sehr zum Ärger seine Aktivität. Als sie endlich den Passat erreichten, half Georg, die Leiche trotz der Schmerzen in den Wagen zu hieven. Wie sie die Klappe schlossen, rief genau in dem Augenblick ein Mann mit Jagdgewehr nur etwa 20 Meter hinter ihnen:

„Was machen Sie da? Hier darf kein Abfall entsorgt werden! Ist das klar?"

Georg gab ein freundliches Handzeichen:

„Wir haben uns nur verfahren, guter Mann, sind gleich wieder weg."

Mühsam stieg er in den Wagen und sie fuhren samt Leiche wieder zur Autobahn. Der Leichengeruch nahm wegen der Hitze zu.

*

Karin betrat wieder das Hotel und die Klimaanlage war sehr angenehm, da draußen über 30° Hitze waren. Auf dem Zimmer zog sie zuerst alles aus, teilte dabei Tobias ihre Beobachtungen im Bahnhof mit und ging unter die Dusche. Dann legte sie sich nackt aufs Bett. Tobias saß auf einen Sessel und hatte nur seine Jeans an. Er las Zeitung. Er meinte, dass sie zwei Tage den Imbiss unauffällig beobachten sollten.

„Wir müssen sicher sein, dass dort nicht andere auf uns warten, unsere Verfolger zum Beispiel." –

„Die haben wir doch wirklich abgehängt." –

„Frau Teicher hat mich sehr zur Vorsicht gemahnt. Wir haben es mit gefährlichen Leuten zu tun."

Karin fing an, ihre langen Haare zurecht zu machen und stand nackt bei offener Tür im Bad. Dann fragte sie auf einmal:

„Hast du deine Pistole mitgenommen?"

Tobias musste verneinen. Ja, er hatte es vergessen, obwohl sie ihn daran erinnerte.

„Du wirst hoffentlich nicht dement!"

erwiderte sie noch nackt im Türrahmen des Badezimmers stehend und schüttelte den Kopf. So war eben ihr Tobias. Etwas träge, langsam, mit den Gedanken immer woanders und dann vergisst man wichtige Dinge. Als sie aus dem Bad kam, nahmen sie sich aus der Minibar Kaltgetränke und setzten sich in die kleinen Sessel. Während sie gemeinsam

Planungen durchgingen, cremte Karin ihren ganzen Körper mit einer Lotion ein und lackierte im Anschluss ihre Fußnägel. Sie beschlossen, noch an diesem Abend für einige Stunden den Imbiss unauffällig zu beobachten.

*

Der alte Passat war jetzt auf die A 5 Richtung Frankfurt eingebogen. Es stank bestialisch und die Hitze war unerträglich. Georg hielt die ganze Zeit schon ein Taschentuch vor Mund und Nase. Auch Ben nahm jetzt ein Taschentuch. Die Joints reichten nicht mehr aus, um den Gestank auszuhalten. Die alte Karre fuhr immer noch nur 100 km/h und Georg beschloss, die nächste Raststätte irgendwie zu nutzen, um die Leiche loszuwerden. So ging es nicht weiter. Georg fragte sich schon, ob er diesen Job wohl überleben würde. Soviel Probleme auf einmal hatte er schon lange nicht mehr. Und sein Nervenkostüm war altersbedingt auch nicht mehr das was es früher mal war. Klar war, dass sie den Passat loswerden mussten allerdings, so Georgs Planung, zur Sicherheit eine Raststätte weiter. Dort könnten sie dann in Ruhe die Fahrzeuge tauschen. Also steuerten sie zuerst die Raststätte „Pfefferhöhe" an der A 5 an. Als sie dort abbogen und den gesamten

Platz abfuhren, fiel ihnen eine Ecke auf, wo drei leere große Lkw-Müll-Container standen. Sie fuhren den Passat direkt daneben und blieben erst einmal dort stehen. Niemand sonst kam und die Fahrzeuge, die von der Autobahn kamen, fuhren etwas weiter entfernt vorbei. Eine ideale Gelegenheit, die Leiche hier loszuwerden.

„Wir entsorgen die Leiche hier und fahren zur nächsten Raststätte und tauschen das Auto",

ordnete Georg mit fester Stimme an. Beide stiegen aus, um wieder frische Luft atmen zu können. Sie lehnten sich gegen den Passat und warteten noch bis die Dämmerung begann. Georg rauchte wieder eine seiner Zigarren. Ben holte aus dem Tank-Shop rasch kühles Bier. Und im Schatten der großen Müllcontainer war es nun auszuhalten. Georg wendete irgendwann den Passat so, dass das Heck nicht von vorn einsehbar war. Der Wagen stand nun nur etwa einen Meter neben einem offenen Container. Dann ging es schnell. Heckklappe auf, beide fassten die Leiche und trugen sie zum Container herüber. Dort wollten sie die Leiche einfach hineinwerfen. Die Schotten des Containers waren aber so hoch, dass es nur mit großer Mühe und erst in einem zweiten Versuch gelang. Georg stöhnte vor Schmerz. Sein Rücken meldete sich mit heftigen Stichen. Aber die Leiche plumpste nun hörbar auf den stählernen Boden des leeren Containers. Georg war erleichtert und atmete schwer, stieg wieder in den Passat und beschloss, dass sie die Nacht im Auto verbringen und gleich früh weiterfahren. Er war von all den Strapazen, dem Ärger und der Hitze müde und erschöpft, würde das aber nie zugeben. Zum Glück hatten sie den Peilsender angebracht, dachte Georg bei sich, sonst wäre der Job schon gescheitert und es gab keine Erklärung, die den Boss überzeugen könnte. Das wäre das Ende! Ben war auch erleichtert und setzte seine Kopfhörer auf, hörte laut Rappmusik, drehte sich einen Joint und lehnte sich entspannt zurück.

*

Beim „Orient-Inbiss" im Frankfurter Hauptbahnhof war auch am Abend viel Betrieb. Tobias Alff stand gegenüber an einen Getränkestand mit kleinem Tresen davor. Er trug eine schwarze Lederjacke, eine Schiebermütze und eine Brille mit dickem Horngestell. Er trank ein Bier. Karin stand bei ihm in kurzem Rock mit Schottenmuster und ein schwarzes Top. Sie bevorzugte ein Mineralwasser. Ihr Haar trug sie streng nach hinten mit Pferdeschwanz und hatte auch eine Brille auf.

Beide redeten scheinbar intensiv, hatten aber immer wieder den Imbiss im Auge. Auf dem Gang dazwischen zogen immer wieder dichte Menschengruppen hin und her. Karin hatte ihr Smartphone in der Hand und machte laufend unauffällig Fotos von den Leuten vor dem Imbiss. Es waren gute Weitwinkelaufnahmen, die die ganze Breite der Situation vor dem Imbiss erfassten. Nur ein Mann mit dunkler Brille, Lederjacke und Strickmütze fiel ihnen auf, weil er scheinbar auch alles beobachtete. Karin ging nach einer Stunde wie verabredet zum Hotel und Tobias blieb noch eine Weile und machte auch mit seinem Smartphone unauffällig Aufnahmen. Sie kam wieder völlig anders gekleidet, mit Jeans und kurzer Jacke und einer rothaarigen Perücke und stellte sich zu Tobias und tat so, als ob sie sich nicht kennen. Nun ging Tobias ins Hotel. Karin sah, dass sich vor dem Imbiss eine Rangelei zwischen mehreren Männern anbahnte. Als die Männer sich gegenseitig stießen und schubsten, kamen zwei Kampfhähne nahe an ihren Platz. Karin ging lieber eine Weile weg zu einem Bonbon-Stand, der sich auch gegenüber dem Imbiss befand, aber etwa 10 Meter weiter Richtung Nordausgang. Sie konnte auch von dort alles vor dem Imbiss-Stand beobachten. Am selben Tisch stand auf einmal die

Chinesin, die sie schon mal am Imbiss gesehen hatte. Eine schlanke dunkelhaarige Frau, etwas kleiner als Karin. Sie trug einen Minirock aus schwarzem Leder und ein schwarzes Top. Als Karin wieder zurück an den Getränkestand ging, war diese Frau plötzlich wieder verschwunden. Tobias kam eine Stunde später zurück an den Getränkestand gegenüber vom Imbiss, ohne Mütze, aber anderer Brille. Nun ging Karin wieder ins Hotel. So wechselten sie sich geschickt ab und machten um 23 Uhr Schluss. Im Hotel übertrug Karin alle Fotos vom Smartphone auf einen Laptop, den sie mitgenommen hatten. Sie wollte dann am nächsten Vormittag in Ruhe alles auswerten. Obwohl sie beide müde waren, hatten sie noch Sex und schliefen dann bis morgens um 7 Uhr.

*

Auf dem Rastplatz „Pfefferhöhe" wurden Georg und Ben früh um etwa 4 Uhr von Lkw-Motorgeräuschen geweckt. Ein Lkw fuhr rückwärts zum offenen Container. Der Fahrer in dunkelgrüner Arbeitskleidung mit Zigarette im Mundwinkel stieg aus und koppelte den Container mit der Hydraulik des Lkw. Dann zog die Hydraulik den Container mit lautem Schleifgeräusch auf den Lkw. Auf dem Weg dahin stand der Container sehr schräg und die Heckklappe schlug auf und da rollte plötzlich die Frauenleiche wieder aus dem Container heraus und lag auf den Boden dahinter neben dem alten Passat. Georg fluchte laut und schlug vor Wut mit der Faust auf das Lenkrad. Gab es nicht schon genug Probleme? Das Maß war voll und Georg bekam einen heftigen Adrenalinausstoß. Als der Container verladen war, sah der Fahrer des Lkw die Frauenleiche am Boden hinter dem Lkw liegen und kam näher um sich zu vergewissern. Inzwischen schraubte Georg den Schalldämpfer vor seine Pistole. Es gab keine andere Lösung. Georg stieg aus und ging auf den Mann zu. Der wendete sich zu Georg:

„Haben Sie das eben gesehen?" und zeigte auf die Leiche.

Georg kam ganz nah heran und dann drückte er eiskalt ab. Einmal, zweimal und der Fahrer fiel seitlich auf den Boden.

„Ben! Zieh den Schlüssel im Führerhaus ab, damit die Kiste ruhig ist."

Ben stieg in das Führerhaus und zog den Zündschlüssel ab. Der Motor war schlagartig ruhig. Georg winkte ihn ungeduldig heran. Sie stiegen in den Passat und fuhren unauffällig und langsam von dort weg und erreichten die A 5.

„Du hast ihn ja erschossen!" sagte Ben nun etwas verunsichert.

„So, Junge, jetzt kannst du was lernen. Irgendwann funktionieren die eleganten Lösungen nicht, dann muss eine klare Linie rein. Den Zeitpunkt muss man erkennen und dann handeln. Das hast du jetzt miterlebt und auf einmal ist alles wieder klar!"

Ben sah ihn länger an, setzte dann aber wieder seinen Kopfhörer auf. Ihr nächstes Ziel war die Raststätte „Wetterau" an der A 5. Dort wollten sie endlich das Fahrzeug tauschen. Der Passat wurde inzwischen immer langsamer und Georg fluchte und hoffte, dass der Wagen nicht jetzt noch schlapp macht. Sie erreichten dann aber doch die Raststätte „Wetterau" ohne neue Probleme. Georg steuerte den Wagen etwas abseits auf einen Parkplatz. Es war noch früh und beide beschlossen, noch zwei Stunden im Wagen zu schlafen.

*

Karin stand um 7 Uhr auf. Sie wollte am Vormittag alle Fotos gründlich sichten. So war sie, alles musste schnell und unverzüglich erledigt werden.

Tobias kam missmutig hoch, wäre gern noch länger liegen geblieben, aber Karin hatte wie immer Recht. Karin war schon unter der Dusche und saß nun vor dem Laptop und ging alle Fotos gründlich durch. Immer wechselnde Personen. Ein Penner war immer dabei, ein seltsamer Typ mit dunkler Sonnenbrille und die Chinesin zweimal. Sie besprachen die Ergebnisse und Tobias kam aus dem Bad und meinte:

„Wir sollten jetzt loslegen. Ich sehe keine verdächtigen Personen auf den Fotos."

Karin stimmte zu, zog ihre enge Jeans und das schwarze Top an. Tobias nahm auch seine Jeans und ein hellblaues Hemd darüber. Jetzt gingen beide zuerst in den Frühstücksraum des Hotels und Tobias nahm eine große Portion Rührei, drei Brötchen, Butter, Käse und Schinken. Karin stellte sich nur ein Müsli zusammen. Beim Kaffee meinte Tobias dann:

„Ich werde heute als Bruder von diesem Teicher an den Imbiss gehen und Du beobachtest alles von gegenüber und kannst mich notfalls stoppen oder warnen."

Sie vereinbarten dazu ein Handzeichen. Wenn alles unverdächtig ist, würde Karin ihm ein Zeichen geben. Im Zimmer band Karin ihre Haare jetzt wieder zu einem Pferdeschwanz zusammen. Tobias zog eine dünne blaue Jacke über. Sie verließen das Hotel und gingen zunächst gemeinsam bis zum Imbiss. Karin blieb auf der gegenüber liegenden Seite am Getränkestand stehen und mit Zunicken stellte sich Tobias in die Reihe am Imbiss. Es waren immerhin schon 8 Personen in der Schlange. Karin gab zwar das vereinbarte Handzeichen, hatte aber ein seltsames Bauchgefühl. Irgendetwas war anders. Sie fand dafür keine sichtbare Erklärung. Die zwei Männer hinter dem Imbiss, die alle fix bedienten, schienen ihr auf eine eigenartige Weise nervös zu sein. Die sahen immer wieder in die Bahnhofshalle als ob sie nach einer Person Ausschau hielten. Karin wurde unruhig und schaute nochmal alle Menschen am Stand prüfend an. Sie konnte aber nichts Auffälliges entdecken. Als Tobias endlich dran war, sagte er nur:

"Ich bin der Bruder von Teicher. Sie haben was für mich."

Der junge Mann hinter dem Tresen sah ihn kurz an, blickte dann nervös und irgendwie suchend in die Bahnhofshalle, griff unter den Tresen ein kleines Kuvert und gab es wortlos Tobias Alff, ohne ihn anzusehen. Der Mann verschwand daraufhin schnell nach hinten in den Imbiss und der zweite Mann musste allein weiter bedienen. Alff sah es nicht, weil er sich sofort wegdrehte und das Kuvert in die Innentasche seiner Jacke steckte. Er ging Richtung Hauptausgang zwischen all den Leuten hindurch als gerade mehrere große Reisegruppen an den Imbiss vorbei liefen. Karin konnte ihn deswegen zeitweise gar nicht sehen und wurde sehr unruhig. Plötzlich spürte er von hinten den Lauf einer Schusswaffe hart in seinen Rücken drücken. Eine Chinesin im schwarzen kurzen Kleid und schwarzen Stiefeln hatte eine Jacke über ihren Arm und hielt unsichtbar eine Pistole gegen den Rücken von Tobias Alff. Gleichzeitig hielt sie mit der anderen Hand seinen linken Arm fest.

„Los, zum schwarzen Van und kein Wort!" befahl sie schneidend in akzentfreien Deutsch.

Tobias zuckte kurz und erschrak. Er sah dann vor dem Haupteingang des Bahnhofes am Straßenrand einen schwarzen Van mit dunklen Fenstern langsam zum Stehen kommen. Karin sah alles vom Stand gegenüber und wunderte sich, wo auf einmal diese Chinesin herkam. In dem Menschengewühl an diesem Tag konnte man auch den Überblick verlieren. Sie wusste jetzt, ihr

Bauchgefühl war richtig, irgendetwas stimmte heute nicht. Sie ärgerte sich, dass sie der Chinesin vorher keine Aufmerksamkeit gegeben hatte. Die war so typisch asiatisch zierlich und schien überhaupt nicht gefährlich zu sein. Diese Chinesin hatte sie zweimal auf den Fotos und jetzt das. Karin überlegte fieberhaft, wie sie jetzt eingreifen könnte. Sie durfte keine Zeit verlieren und musste jetzt ohne Wenn und Aber einschreiten. Tobias sollte ganz offensichtlich mit dem Van entführt werden, den sie jetzt auch vorfahren sah. Karin sah nur eine Möglichkeit. Immerhin hatte sie inzwischen einige Kampftechniken gelernt. Sie musste der Frau die Waffe entreißen. Sie beschloss, sich auf die Chinesin zu stürzen und die Waffe wegzureißen. Der Überraschungseffekt sprach für ihren Plan.

Sie näherte sich von hinten und dann ging es schnell. Sie stürzte sich von der Seite auf die Chinesin, griff die Hand mit der Waffe und beide fielen nun zusammen auf den Boden, die Chinesin seitlich und Karin auf dem Bauch daneben, aber auf den linken Arm der Frau. Die Chinesin war tatsächlich überrascht und verlor beim Sturz die Waffe. Die Pistole rutschte ein ganzes Stück weiter auf dem Steinpflaster vor dem Bahnhofsausgang. Karin wollte sie nun unter sich drücken und umklammern. Aber als sie hochkam entging ihr die

Chinesin geschickt am Boden, rollte sich etwas zur Seite und griff ihrerseits blitzschnell und gekonnt von hinten ungewöhnlich hart zu. Sie drehte Karins Arm nach hinten und bekam sie im Nu vor sich in den Griff. Beide saßen hintereinander am Boden. Karin spürte jetzt, dass diese Frau viel stärker und ihr körperlich überlegen war. Sie konnte den Griff dieser Chinesin nicht lösen und bekam Panik. Die Chinesin griff nun in ungewöhnlicher Art und Weise sehr hart von hinten zum Hals und drückte zu. Jetzt bekam Karin Todesangst, sie spürte, dass es um ihr Leben ging, schrie gellend auf und ihre Beine zuckten panisch. Es bildete sich schon eine kleine Menschenmenge um sie herum. Aus der Menge wurde nach der Polizei gerufen.

Tobias Alff griff sich rasch die Pistole vom Boden und schlug damit der Chinesin hart auf den Hinterkopf. Da ließ sie Karin schlagartig los, fiel zurück und war bewusstlos. Sie lag ausgestreckt auf dem Rücken. Tobias fasste sofort Karins Handgelenk und zog sie hoch. Sie war unsicher auf den Beinen, hielt ihren Nacken und folgte mit unsicherem Gang einfach Tobias nach, der mit ihr die Flucht antrat. Er spürte, dass sie unter Schock stand. Er warf die Waffe weg und lief mit Karin sofort in Richtung Fußgängerzone, die gegenüber vom Hauptbahnhof begann. Sie liefen an dem schwarzen Van vorbei, dann über die Straße gefährlich zwischen den Autos hindurch, die teilweise hart bremsen mussten und hupten. Aus dem Van sah Tobias, als er kurz zurückschaute, zwei dunkel gekleidete Chinesen zu der niedergeschlagenen Frau laufen, die bereits das Bewusstsein wiedererlangt hatte, aber benommen am Boden sitzen blieb. Dann drehten die beiden Chinesen um und folgten Tobias und Karin. Tobias sah es und zog Karin immer noch hinter sich her. Sie war irgendwie benommen und wäre fast gestolpert. Beide liefen durch die Menschenmenge in der Fußgängerzone. Sie mussten Kinderwagen und älter Leute mit Rollator ausweichen und liefen so schnell sie gemeinsam konnten immer weiter. Tobias hoffte, dass die Chinesen sie in der Menschenmenge aus den Augen verlieren würden.

Er lief dann von der Fußgängerzone, die Kaiserstraße, rechts in die Weserstraße hinein und plötzlich stolperte Karin und hockte am Boden. Sie war völlig fertig und durch das Würgen der Chinesin regelrecht angeschlagen. Sie fasste sich immer wieder mit beiden Händen am Genick. Tobias beugte sich zu ihr und schaute sich um, ob die Chinesen zu sehen waren:

„Wir müssen weiter, mein Schatz", rief er atemlos.

Er sah, dass sie am Ende war. Er wartete einen Moment und half ihr dann wieder hoch. Tobias sah dann gegenüber einen schmalen Gang zwischen zwei Häusern. Der Gang war eigentlich in voller Breite von zwei hintereinander stehenden Müllcontainern ausgefüllt.

„Los, sieh da drüben. Wir verstecken uns hinter den Müllcontainern. Wir müssen auf allen Vieren an der Seite durchkrabbeln."

Tobias war auch etwas in Panik geraten. Sie mussten diesen Chinesen auf jeden Fall entkommen. Ihm war klar, dass die gnadenlos waren. Er zog seine Partnerin eiligst zu den Müllcontainern. Sie konnten nur auf allen Vieren an diese Container vorbei, so eng war es zwischen diesen Häusern und den Müllcontainern. Hinter den Müllcontainern blieben beide am Boden sitzen und auch Tobias atmete schwer aus. Er hoffte, dass die Chinesen das nicht gesehen haben. Karin hielt ihren Nacken und war über diese kleine Pause froh. Kurz darauf liefen die beiden Chinesen an ihnen vorbei, blickten nur kurz in den schmalen Gang und rannten weiter. Tobias atmete erleichtert durch. Aber sie mussten weiter. Er zog Karin nun hoch und beide krabbelten neben den Containern zur Straße zurück, liefen den Weg zurück und kamen wieder auf die breite Fußgängerzone. Sie liefen so schnell sie konnten. Er hatte Karin immer an der Hand. Als Tobias sich umsah, konnte er die beiden Chinesen sehen, die ebenfalls wieder in die Fußgängerstraße eingebogen. Er war sich nicht sicher, ob die Chinesen sie schon wieder entdeckt hatten und ärgerte sich darüber, dass sie nicht länger hinter den Müllcontainern sitzen geblieben sind. Das Versteck hinter den Müllcontainern war im Grunde ideal, wenn auch ungemütlich. Tobias sah sich beim Laufen durch die Menschenmenge hektisch nach einer Möglichkeit um, klug zu entkommen. Inzwischen war seine Kondition auch am Ende und Angst beschlich ihn. Bei Karin bemerkte er immer mehr Panik aufkommen. Diese Chinesen würden sofort beide erschießen, das wusste er und Karin wusste das auch. Sie mussten ihnen unbedingt entkommen, sonst war alles zu spät. Er sah beim Laufen zurück und sah die beiden Chinesen näher kommen. Sie hatten sie offenbar schon wieder im Blick. Sie waren einfach schneller.

„Los, da links in das Kaufhaus!" rief Tobias und zeigte auf das große Gebäude auf der linken Seite.

Beide liefen durch den Eingang. Karin war immer noch leicht benommen. Tobias lief aber mit ihr nicht weiter in das Kaufhaus hinein, sondern zog Karin dann im Eingangsbereich gleich links hinter einen Ausstellungstisch, auf dem reduzierte Strickware gestapelt lag. Sie hockten sich dort hin und Karin atmete schwer und hielt immer wieder beide Hände hinter ihren Nacken. Nur wenige Sekunden später liefen schon die beiden Chinesen in den Eingangsbereich. Sie waren vollständig schwarz gekleidet, sahen sich suchend um, gaben sich Zeichen und liefen dann die vor ihnen liegende Rolltreppe hoch mehrere Stufen überspringend. Tobias und Karin standen sofort auf und liefen wieder aus dem Kaufhaus heraus. Auf der anderen Seite der Fußgängerstraße sah Tobias ein kleines Stück weiter eine Art Sportkneipe mit Leuchtwerbung für Sky und einem Fußballlogo „Eintracht Frankfurt". Tobias zog Karin immer noch hinter sich her und beide erreichten rasch das Sportlokal. Tobias zog seine Partnerin fast ein wenig grob durch die Eingangstür hinein. In der Sportbar angekommen lehnte sich Karin wie benommen an eine Wand, total blass. Sie war sichtlich erschöpft und sank in diesem Moment in sich zusammen. Tobias fing sie gerade noch auf.

„Ich kann nicht mehr" kam leise von ihr.

Sie begann aus Erschöpfung zu weinen und Tobias hielt sie in seinen Armen. Als sie wieder allein und fest stehen konnte, zeigte sie wortlos auf das Schild „WC" und Tobias führte sie gestützt dort hin. Sie gingen dort in den Flur und dann in einen Vorraum mit Waschbecken und Spiegel. Karin stellte sich davor.

„Ich komme gleich, ich muss mich etwas frisch machen", sagte sie sehr leise.

Tobias sah sie besorgt an, ging dann aber zurück in den Gastraum und setzte sich an den Tresen, der nicht direkt am Fenster war. Aber vom Tresen konnte er die Straße gut einsehen. Auch er war völlig ausgelaugt vom Laufen und hoffte nur, die Chinesen nun abgehängt zu haben. Er bestellte einen *Helbing* und ein Bier vom Fass und wunderte sich, dass der Wirt diesen typisch Hamburger Kümmel im Angebot hatte. Durch das Fenster konnte er auf die Fußgängerzone sehen und plötzlich sah er die beiden Chinesen aus dem Kaufhaus kommen. Sie blickten sich suchend um. Einer sah auf seine Armbanduhr und gab dem anderen ein Zeichen. Dann liefen sie eilig in Richtung Bahnhof davon. Tobias war in dem Moment richtig erleichtert. Von ihm wich eine große Anspannung. Sie waren ihnen entkommen und jetzt jedenfalls vorläufig in Sicherheit. Er nahm erleichtert einen großen Schluck aus dem Bierglas. Da merkte er auch bei sich ein leichtes Zittern am ganzen Körper. Auch er war völlig fertig und hätte für eine weitere Flucht kaum noch Kraft gehabt.

Karin stand vor dem Spiegel im WC der Sportbar und begann erschöpft zu weinen. Sie sah dann, dass sie nur an der Stirn eine kleine Schürfwunde hatte. Ihr rechtes Knie schmerzte. Ihre Kleidung war an einigen Stellen vom Staub des Bodens verdreckt. Sie wusch die Stellen und konnte die Staubflecken leicht abschütteln. Ihr Nacken schmerzte immer noch. Diese chinesische Frau wollte ihr das Genick brechen, das wurde ihr klar. Die musste eine Nahkampfausbildung genossen haben. Ihre Halswirbelsäule war auf jeden Fall angegriffen. Karin war immer noch leicht zittrig und wusch sich das Gesicht und die Tränen ab. Allmählich kamen die klaren Gedanken wieder. Sie verließ dann nach einer Weile das WC, kam in den Gastraum und setzte sich zu Tobias an den Tresen. Sie bestellte auch ein Bier. Sie legte ihren Kopf an seine Schulter und er umarmte sie und da bekam sie erneut einen Weinkrampf. Tobias führte sie auf eine Eckbank etwas näher am Fenster und hielt sie fürsorglich umarmt. Das hatte er von ihr noch nie erlebt.

„Die wollte mir das Genick brechen! Einen Augenblick später wäre ich tot", sagte sie und weinte erneut los.

Tobias nickte. Ja, das waren wirklich gefährliche Leute. Sie waren knapp entkommen. Hatten sie es nun etwa mit der chinesischen Mafia zu tun? Karin brauchte eine ganze Weile, um sich zu beruhigen und lag in Tobias Armen. Allmählich erholten sich beide von dem Schock. Sie blieben fast zwei Stunden in der Kneipe, tranken noch ein Bier und Karin bestellte eine große Flasche Mineralwasser.

„Wir sollten jetzt nicht direkt zum Hotel zurückgehen, sondern auf Umwegen und unterwegs andere Kleidung kaufen, damit wir nicht gleich zu erkennen sind, falls die auf uns warten."

Tobias traute den Chinesen alles zu. Evtl. würden sie am Bahnhof auf sie warten. Deswegen wollten sie sich ein anderes Outfit anlegen. Karin nickte zustimmend. Sie hatte sich inzwischen etwas erholt und den Schreck verdaut.

„Können wir überhaupt weitermachen?" fragte sie leise und unsicher.

Tobias war unschlüssig und auch ihm saß der Schreck noch in den Gliedern. Als sie das Lokal verließen und sich vorsichtig umschauten, suchten sie ein Geschäft oder eine Boutique.

„Besser, wir fahren einfach nach Hamburg zurück",

sagte er nach einer Weile als sie schon ein Stück zu Fuß in einer Seitenstraße waren. Und da hatte Karin sich inzwischen anders entschieden:

„Nein, denen zeigen wir es! Wir geben nicht auf!"

Tobias wunderte sich, aber so war sie. Nie aufgeben. Kurz darauf sahen sie in einer großen Parallelstraße zur Fußgängerzone eine größere ansprechende Boutique und gingen dort hinein. Karin suchte ein luftiges Kleid, weil es unerträglich heiß war und sie es in der engen Jeans kaum noch aushielt. Sie fand drei Kleider, die sie anprobieren wollte. Sie wurde in eine Kabine geleitet hinter einen Vorhang und Tobias musste davor entscheiden. So war es oft mit den beiden. Karin zog sich dort aus und Tobias reichte ihr das erste Kleid hinein. Ein weißes kurzes Kleid, zu eng, zwar mit schönen weiten Rockansatz, aber oben zu geschlossen. Karin reichte es wieder kopfschüttelnd raus. Das zweite Kleid war dunkelblau, vorn mit geknöpfter Zierleiste, die aber nur aufgenäht war, sehr kurz und oben mit weiter Öffnung, die spitz bis zwischen ihre Brüste reichte.

Es war eine Größe zu groß. Aber Tobias fand es total gut und redete ihr zu, weil es etwas weiter war und damit für das Wetter luftiger. Karin behielt es an und Tobias kaufte für sich nur eine leichte Schirmmütze, zahlte und bat um eine große Papiertasche für die anderen Sachen, die sie ausgezogen hatten. Tobias legte auch seine Jacke in die Papiertasche. So gingen sie völlig anders gekleidet Arm in Arm auf großen Umwege zum Hotel zurück. Als sie die letzte Straßenecke erreichten - vor ihnen der Bahnhofsvorplatz mit Gastronomie und immer eine Anzahl von Pennern, die die Leute belästigten, dahinter der Taxistand, links die Straße, an der ihr Hotel lag -, blieben sie wie Verliebte stehen und sahen aber prüfend zum Bahnhof, dann zum Südeingang und schließlich in Richtung Hotel. Es war nichts Auffälliges zu sehen. An der Straße auch am Rande der Mannheimer Straße sahen sie keinen schwarzen Van stehen. Sie nickten sich zu und gingen dann zügig ins Hotel. Nachdem sich beide ausgiebig geduscht hatten und wieder entspannt waren, nahm sich Tobias aus der Minibar ein Bier. Karin nahm die Mineralwasserflasche.

„Laß' uns die Lage sortieren" sagte Tobias und nahm den kleinen Schreibblock vom Nachttisch.

„Wir wissen nicht wirklich, was unsere Frau Teicher vorhat. Sie will diese Urkunden haben, aber warum. Ihr Mann ist untergetaucht und wird wegen dieser Urkunden von irgendwelchen gefährlichen Leuten gesucht. Wenn er die heimlich an uns übergibt, ist er das Problem doch nicht los." –

Karin: „Er ist nur dann etwas befreit, wenn wir die Köder der Gangster sind. Dann spielt diese Frau ein doppeltes Spiel. Vielleicht will sie die Urkunden nicht haben und hofft, dass wir draufgehen. Also ein reines Ablenkungsmanöver, um vielleicht selbst in Ruhe unterzutauchen." –

„Jedenfalls sind zwei Typen hinter uns her, die wir aber abgehängt haben. Und nun tauchen diese Chinesen auf und lauern am Imbiss auf uns. Woher wussten die Bescheid? Sind wir von Anfang an von der Teicher verraten worden? Mich würde das nicht wundern." –

„Und die sind total gefährlich!" Und Karin wusste, wovon sie sprach.

„Wir haben aber immerhin die Anweisung für die Übergabe, von denen beide nichts wissen. Und diese Anweisung kennen nur wir beide. Unsere Verfolger wollen uns offenbar bei der Übergabe schnappen und die Chinesen wohl auch. Und sie wissen offenbar nicht, wo wir uns jetzt befinden. Wir haben sozusagen einen Vorteil und einen Vorsprung."

Tobias holte das Kuvert aus seiner Jacke. Ein handgeschriebener Zettel, offenbar von Teicher selbst. Tobias las ihn vor:

Kommen Sie zum Restaurant „Engel" in Erbenheim. Dort im Biergarten müssen Sie die Bedienung um eine Altbierbowle bitten und Grüße von Albert aus Hamburg bestellen. Der Wirt wird die Urkunden übergeben. Es ist eine dunkle Ledermappe. Bitte mit dem Pkw nicht vor das Lokal fahren. Wenn das klappt, müssen Sie so schnell wie möglich nach Hamburg zurück fahren.

Beide schauten sich nun Erbenheim auf dem PC über Google-Maps und auf dem Satelitenbild an. Erbenheim gehört zu Wiesbaden, ist sozusagen vorgelagerter Stadtteil. Sie konnten gut erkennen, dass im Innenhof des Restaurants „Engel" ein Biergarten war. Sie würden morgen auschecken und losfahren. Beide legten sich ziemlich müde ins Bett. Sie waren ihren Häschern mit Glück entkommen. Karin schlief entspannt in den Armen von Tobias ein. Sie war froh mit Tobias zusammen zu sein. Sie dachte bis zum Einschlafen, was sie doch für ein gutes Team sind.

Der Rastplatz „Wetterau" war gut besucht. Georg steuerte den alten Passat ganz ans Ende der Parkplätze und stellt den Wagen dort ab. Er schwitzte und verfluchte das Wetter. Sie stiegen in Ruhe aus, Ben nahm die Reisetasche raus und beide gingen nun die Parkplätze ab, um ein Opfer zu finden. Als sie das Tankstellengebäude mit dem Toilettentrakt erreichten, sahen sie auf dem Behindertenparkplatz einen silbernen Opel Astra stehen, aus dem gerade ein alter Mann mühsam ausstieg und zu den Toiletten wollte. Ben trat unauffällig näher und sah von der anderen Fahrzeugseite, dass der Zündschlüssel steckte. Die Alten vergessen ja häufiger, alles mitzunehmen, dachte er und sah Georg zustimmend an. Der kam dann zügig zur Fahrerseite und wollte schnell einsteigen. Er übersah aber, dass am Wagen daneben eine ältere Frau mit zwei Krücken zunächst abgewandt mit einer Zigarette stand. Sie schien mit dem Astra nichts zu tun zu haben. Tatsächlich gehörte sie aber zu dem Wagen und war noch vor ihrem Mann ausgestiegen, um zu rauchen. Als sie Georg in dem Versuch eizusteigen sah, schrie sie unvermittelt und hysterisch „Hilfe" und ehe Georg im Wagen saß, traf ihn eine Krücke am Kopf. Georg sah sich um, wo der Schlag herkam und schon traf der nächste Schlag mit der Krücke und die Frau schrie noch lauter um Hilfe. Georg fluchte und brach den Versuch ab. Von einem der Schläge gab es auf seiner Glatze eine kleine Platzwunde. Ben und Georg liefen durch den Toilettentrakt von dort eilig weg, ehe andere Personen auf sie aufmerksam wurden und gingen rechts um die Tankstelle herum, blieben hinter den großen Abfallcontainern kurz stehen und warteten, bis sich die Lage beruhigt hatte. Georg schmerzte der Rücken so furchtbar, dass er sich gegen die rückwärtige Außenwand der Tankstelle lehnen musste.

„Pass auf Ben. Ich gehe mit der Tasche ganz langsam fast bis zur Ausfahrt dort hinten, hinter dem von hier sichtbaren blau gestreiften Lkw und warte. Du besorgst einen Wagen, bitte keine lahme Gurke wie dieser Passat und bitte ohne Leiche!"

Dabei flog ein Grinsen über Georgs Gesicht, etwas, was ganz selten geschah. Er machte sich mit der Reisetasche langsam auf den Weg und Ben schlenderte über die Parkplätze hin und her auf der Suche nach einem geeigneten Fahrzeug oder besser einem leichten Opfer. Nach einer ganzen Weile sah er einen Konvoi von etwa 3 Sportwagen und zwei großen Benzkutschen kommen. Sie hielten hintereinander vor dem Raststätten-Restaurant an. Aus dem zweiten Sportwagen stieg ein Brautpaar aus. Sie sehr attraktiv mit hochgesteckten schwarzen Haaren, ganz in Weiß gekleidet, er im schwarzen Anzug mit roter Rose am Revers. Sie standen hinter dem roten Porsche und ließen sich fotografieren. Alle anderen stiegen auch aus, umarmten sich, gratulierten sich und öffneten Sektflaschen. Alles dunkelhaarige Typen. Das erste Fahrzeug war allerdings ein dunkelblauer Ford-Mustang. Ben war begeistert. Das war ja ein Traumwagen! Und bei fast allen Fahrzeugen dieses Konvois wie auch beim Mustang liefen die Motoren weiter. Ben näherte sich unauffällig dem Mustang. Natürlich sah er jetzt nicht zu Georg, der schon in der Ausfahrtsnähe wie verabredet mit der großen Reisetasche stand und wie wild abweisend mit den Armen ruderte.

Der Fahrer stand zwei Fahrzeuge dahinter zusammen mit dem Brautpaar und trank direkt aus der Sektflasche und niemand achtete auf Ben. Ben stieg unbemerkt in den Mustang und dann gab er Gas. Der Wagen schoss geradezu nach vorn. Ben fuhr in hohem Tempo zu der Stelle, wo Georg stand, bremste hart und freute sich riesig, so ein Fahrzeug zu fahren. Georg warf die Reisetasche hinein, stieg blitzschnell ein und schrie Ben dabei an:

„Bist du verrückt! Das ist ein arabischer Clan! Die haben wir nun an den Hacken. Nun fahr zu. Die werden uns verfolgen!"

Georg fluchte wie immer, aber sah nun, dass sie die Sache zu Ende bringen mussten. Er stellte den Spiegel so ein, dass er nach hinten sehen konnte. Da sah er schon einen roten Porsche, der ihnen mit hoher Geschwindigkeit folgte.

„Scheiße!" schrie Georg und zu Ben: „Schneller jetzt, hol' aus der Kiste alles raus!"

Auf der Autobahn raste Ben links an alle vorbei und der Porsche blieb hinter ihnen. Es wurde ein echtes Wettrennen und Ben hatte insgeheim Spaß daran. Georg hatte dagegen ein ungutes Gefühl. Ben fuhr sehr riskant, oft zu nah auf und gab dann wieder Vollgas, so dass beide in die Sitze gepresst wurden. Er überholte auch rechts mit vollem Risiko und drängelte die anderen Verkehrsteilnehmer wie er nur konnte. Viele machten schon zur eigenen Sicherheit Platz.

Georg meinte dann irgendwann, da ihm von der Fahrweise schon fast schwindelig wurde:

"Wir müssen diesen Wagen loswerden. Wir müssen ihn so schnell wie möglich tauschen. Die werden uns nicht in Ruhe lassen. Wenn die uns erwischen, haben wir keine Chance. Die sind bewaffnet und verstehen noch weniger Spaß als wir."

Ben gab wieder Gas und hinter ihm schwenkte ein Lkw nach links, so dass der Porsche bremsen musste. Georg sah es im Rückspiegel und sah auch, dass kurz vor ihnen ein einfacher Parkplatz angekündigt wurde.

„Hier rauf, ganz schnell, dann fahren die vorbei und mit Glück merken die das nicht", schrie Georg.

Ben bremste hart, zog den Wagen nach rechts und Georg meinte, dass der Mustang jetzt ausbricht. Aber Ben hielt den Wagen auf Spur, gab wieder Gas und bog mit hoher Geschwindigkeit auf dem Parkplatz in die rechte Abzweigung ein, die nur für Pkw ausgewiesen war. Er bremste hart und kam zum Stehen. Auf der Autobahn rasten der Porsche und ein Benz vorbei. Sie hatten wegen mehrerer Lkw auf der rechten Spur nichts bemerkt. Georg war sichtlich erleichtert, stieg aus und spuckte zur Seite aus.

„Wir lassen den Mustang hier stehen und suchen uns einen anderen Wagen."

Georg ließ keinen Widerspruch zu. Ben wäre gern mit dem Mustang weiter gefahren, stieg aber auch aus und sah sich zusammen mit Georg auf dem Parkplatz um. Ein Stück weiter fiel ihm ein roter Toyota Auris auf. Die Fahrerin, eine Frau mittleren Alters mit kurzen dunklen Haaren, warf Abfälle in einen Abfallbehälter, der einige Meter neben ihrem Fahrzeug stand. Dann zündete sie sich eine Zigarette an, ging etwas weiter über die Grünfläche und stand mit dem Rücken zum Fahrzeug, weil sie so in ihrem Gesicht Schatten hatte und nicht in die Sonne sehen musste. Es war ja wieder sehr heiß und die Sonne stand schon etwas tiefer. Ben erreichte während dessen schon das Fahrzeug, sah, dass ein großer Schlüsselbund auf dem Beifahrersitz lag. Es war ja ein Hybrid-Fahrzeug und Ben wusste fast von allen Autos technische Details. Hauptsache der Zündschlüssel war im Auto. Gestartet wurde mit einem Knopfdruck. Und der Vorteil war, dass der Wagen fast geräuschlos startete und losfuhr. So war es auch und die Frau bemerkte zuerst nichts, dann schrie sie plötzlich hinterher, aber Ben war schon um die Kurve und sah Georg stehen. Der warf die Reisetasche auf die Rücksitze und stieg ein. Das ging aber nicht ohne heftiges Fluchen. Der Wagen war für seine Körpermaße eigentlich zu eng und klein. „Was hast Du da für eine Gurke genommen?" Mit Mühe zwängte er sich auf den Beifahrersitz. Sein Rücken meldete sich dabei schmerzhaft. Die Frau kam näher und schrie und drohte mit Polizei. Nun gab Ben Gas und im Nu waren sie auf der A 5 Richtung Frankfurt. Ben war stolz über seine Tat und brachte den Wagen auf Touren. Georg nestelte mühsam in der Reisetasche und musste sich fast verrenken. Dann hatte er endlich das Tablett und Ben griff herüber und startete das Programm. Der Peilsender arbeitete immer noch gut. Der BMW war unverändert in Frankfurt nahe dem Hauptbahnhof. Georg dachte laut:

„Hoffentlich ist die Übergabe nicht schon erledigt. Dann bleibt nur meine alte Methode. Wir müssen die beiden stellen und notfalls ausknipsen!"

Ben nickte cool und gab Gas. Von dem Araberclan sahen sie nichts mehr.

*

Es war fast Mitternacht, als der Toyota Auris in die Mannheimer Straße neben dem Hauptbahnhof einbog. Der Peilsender zeigte zuverlässig an, dass der BMW in der Tiefgarage des Hotels stand und das schon länger. Ben parkte den Wagen rechts am Straßenrand kurz hinter dem Hoteleingang.

„Hier sind sie abgestiegen." Georg war zufrieden.

Ben fragte: „Was wollen die hier?"

Georg wurde jetzt sehr ernst und streng:

„So, ich will jetzt keinen Joint mehr sehen. Wir müssen total aufmerksam sein. Es könnte hier am oder im Bahnhof einen Treffpunkt geben oder er war schon. Wenn einer von den beiden das Hotel verlässt, folgst du unauffällig und beobachtest alles genau!"

Georg schickte ihn in den Bahnhof, Bier, eine große Currywurst und Pommes zu holen. Er zwängte sich mühsam aus dem Wagen und streckte sich in der angenehmen Nachtkühle. Sie waren jetzt wieder ganz nah dran. Als Ben mit einer Tüte Essbaren und Bier zurückkam, verschlang Georg die Sachen gierig und leerte drei Dosen Bier in einem Zug.

„Ben, pass auf! Ich muss hier eines unserer Bordelle besuchen, mal ein Bad nehmen und alte Freunde wiedersehen. Du bleibst hier und so wie etwas Ungewöhnliches passiert, rufst du mich sofort an. Ich bin in zwei Stunden zurück."

Georg ging zu Fuß über die Bahnhofsstraße in die Taunusstraße und genoss die leichte Kühle der Nacht. Im Bereich der Taunusstraße befand sich der Rotlichtbezirk. Zwei Bordelle wurden seit langem von der Organisation betrieben. Er hatte vor 8 Jahren in Frankfurt länger zu tun. Sie mussten eine neue Konkurrenzbande aus Serbien ausschalten, die sehr gefährlich wurde. Georg hatte da seine bewährten Methoden und erschoss drei dieser Leute kurzerhand. Zwei andere wurden von seinen Leuten umgebracht. Danach kam er selten nach Frankfurt, zuletzt vor 5 Jahren einmal für zwei Tage. Umso mehr freute er sich, alte Freunde wiederzusehen. Vor allem wollte er ein Bad nehmen und frische Sachen anziehen. An der Ecke zur Moselstraße befand sich das Bordell „Girls, Girls, Girls", das damals 18 Girls anbot, die von Zeit zu Zeit über einen internationalen Ring ausgetauscht wurden. Einige wenige Nutten blieben und gehörten sozusagen zum Inventar. Im Hauptraum mit langer Bar tanzten immer noch nackte Mädels an mehreren Stangen. Georg staunte, dass noch so viele Gäste im Hauptraum waren. Die Service-Kräfte liefen dort alle mit Strapsen und oben ohne herum. Alles ganz junge Mädels. Sie nötigten die Gäste immer mit aufreizender Pose, teuren Schampus zu bestellen.

Sein Freund, Erich von Degenhardt, war seit vielen Jahren Geschäftsführer, ein grobschlächtiger Typ, der je nach Bedarf seriös oder auch brutal auftreten konnte. Er war in der Lage, der Presse oder der Polizei windelweiche Erklärungen über den Betrieb abzugeben und im anderen Fall neue unerfahrene Mädels aus dem Osten das Geschäft beizubringen. Nicht alle überlebten diese Übungen. Er verstand es auch, Menschen verschwinden zu lassen. Das Bordell führte er sehr streng. Als Georg eintrat, sah Erich ihn von der Bar aus schon und ging ihm entgegen.

„Hallo, altes Haus!" rief er freudig aus und umarmte Georg kurz.

„Ich habe hier in Frankfurt zu tun und dachte, hier mal guten Tag zu sagen und ein Bad zu nehmen." –

„Vom Geruch her, wirklich dringend", meinte Erich lachend und begleitete ihn in ein Hinterzimmer, bot zu trinken an und stellte ihm einige seiner Leute vor. Das waren drei große breite Männer, die zupacken konnten und Diskussionen hassten. Ihr Aussehen allein genügte in der Regel schon, um Beschwerden der Gäste über zu hohe Preise oder vermeintliche falsche Bestellungen zurück zu nehmen. Erich ließ sich von Georg den Auftrag erklären, saß in einem großen Bürostuhl, die Beine auf den Tisch davor gelegt und nickte anerkennend.

„Und wer ist jetzt dein Partner?" fragte Erich.

„Der Boss hat mir so einen Jungen gegeben. Der soll nun mit Elektronik und so arbeiten. Ich soll aus ihm einen harten Typ machen, spiele aber eher den strengen Vater. Also keine richtige Hilfe."

Sie tauschte noch eine Weile ihre Erlebnisse aus und tranken Bier.

„Deine Rosalinde ist übrigens auch noch da. Die kann dir das Bad zurecht machen" meinte Erich nach einer Weile und schickte einen seiner Männer mit einem Handzeichen los.

Rosalinde war eine alt gewordene Nutte, die früher vor 8 Jahren auch schon zu alt war, aber für Georg genau richtig. Diese „jungen Dinger", wo nichts dran war mochte er sowieso nicht. Er stand auf dicke üppige Frauen, die gern älter sein durften. Jetzt hatte Rosalinde Aufgaben hinter den Kulissen, war vorn in der Bar nicht gern gesehen, organisierte die Schichten der Mädels und bediente hin und wieder auch einige treue Stammkunden, die nur zu ihr wollten. Für die Mädels war sie die gute Seele des Hauses.

Georg stieg nackt in eine große tiefe Wanne, in der normalerweise drei Personen leicht Platz hatten, in Georgs Fall nur knapp zwei Personen. Das Wasser war nicht zu warm, hatte eine Schaumkrone und im Raum herrschte absolute Ruhe. Dafür hatte Erich schnell gesorgt. Georg entspannte sichtlich und freute sich über die himmlische Ruhe beim Bad.

Dann erschien Rosalinde.

Rosalinde trug nur einen knappen Slip, der vom herabhängenden Bauch zuerst gar nicht sichtbar war. Ihre üppigen Maße waren der Schwerkraft erheblich zum Opfer gefallen. Georg hatte sie zuletzt vor 5 Jahren gesehen. Damals ließ er sich von ihr noch reizen. Sie kam nun lächelnd an die Wanne:

„Lange nicht gesehen, mein Hecht!" rief sie freudig aus.

Georg knurrte irgendetwas. Er hätte lieber seine Ruhe gehabt. Sie stützte sich auf den Rand der Wanne und griff ins Wasser.

„Na, will er nicht mehr?" fragte sie lachend.

Georg griff seinerseits an ihren üppigen Busen.

„Na bitte, es geht ja doch",

kam es kurz darauf freudig aus Rosalindes Mund, ihre rechte Hand immer noch aktiv im tiefen Badewasser. Georg hatte, wenn er in Lust geriet – und es war jetzt immerhin auf halben Niveau soweit - immer die Neigung, die Frauen etwas fester am Schopf zu packen. Jetzt griff er auch in die roten langen Locken von Rosalinde und zog etwas neckisch daran. Da hatte er plötzlich die gesamte Haarpracht in den Händen. Es war eine Perücke und darunter erschien eine total weiße Glatze bei Rosalinde. Sie schrie erschrocken auf:

„Was machst du denn da?"

Georgs Lust sank nun wieder fast auf Null und er stieß sie etwas grob zurück, da sie im Begriff war, auch in die Wanne zu steigen. Rosalinde rief nur kurz und erschrocken:

„Hey, das tut weh!"

Und dann passierte es. Ihr fiel der obere Teil ihrer Zahnprothese aus dem Mund in das Badewasser. Sie musste seit 2 Jahren eine Zahnprothese tragen, nachdem ein betrunkener Freier ihr mit der Faust aufs Maul gehauen hatte. Erich wollte nicht so viel Geld ausgeben und so bekam sie eine Zahnprothese mit nur mittlerer Qualität, die leider nicht gut anhaftete. Sie stand nun neben der

Wanne und hielt erschrocken eine Hand vor ihrem Mund. Nun ist es ja leider so, dass Zahnprothesen nicht schwimmfähig sind. Sie sank also im Badewasser auf den Grund der Wanne. Und als Georg sich entspannt wieder zurücklehnen wollte, spürte er die Zahnprothese unter seinen Rücken. Es war fast so wie ein Biss. Georg fluchte laut, griff hinter seinen Rücken und fasste die Prothese. Er warf sie wütend durch den Raum und schrie: „Verschwinde! Hau ab!" Rosalinde suchte die Prothese im Raum. Sie fand sie bald unter einem Stuhl, nahm sie eilig und verließ ohne ein Wort den Raum. Georg war froh, wieder Ruhe zu haben. Ihm war überhaupt nicht nach Sex. Er hatte wegen der vielen Probleme, der Hitze, dem Ärger mit Ben und seinem Rücken so viel Energie gelassen, dass er sich den Rest nicht auch noch absaugen lassen wollte.

Nach ausgiebigen Baden stieg er aus der Wanne. Erich hatte ihm bis auf die Schuhe neue Kleidung organisieren lassen. Eine große Unterhose, Strümpfe, eine sehr weite Jeans und ein weites Oberhemd mit senkrechten blauen Streifen auf weißem Grund. Dazu sicherheitshalber breite Hosenträger. Er zog alles an und erschien wieder an der Bar. Erich orderte die Getränke, die Georg wollte und sie tauschten weiter alte Geschichten aus. Um 2 Uhr Nachts verabschiedete sich Georg von Erich und seinen Leuten und erreichte bald Ben, der wachsam im Wagen saß. Ben sah ihn neugierig an und pfiff anerkennend wegen der frischen Kleidung. Georg stieß nur unverständliche brummende Laute aus, die aber zumindest einen freundlichen Klang hatten. Er setzte sich zu Ben in den Wagen, zündete sich eine Zigarre an und entspannte.

*

Karin erwachte wie immer zuerst. Es war kurz nach 7 Uhr. Sie stand auf, öffnete die Fenster und zog Tobias die Decke weg. Sie lachte als er müde protestierte. Aber er stand dann doch träge und langsam auf. Der Wetterbericht auf dem Smartphone sagte weiterhin große Hitze voraus.

„Es wird wieder heiß, 34° haben die Wetterfrösche eben angekündigt" rief Tobias in Richtung Bad.

Karin hatte die Tür offen gelassen und stand nun nackt im Türrahmen, um seine Meldung verstehen zu können. Sie kam aus dem Bad und Tobias begab sich nun gähnend dort hinein.

„Nach dem Frühstück fahren wir!" bestimmte Karin laut in Richtung Bad und zog einen königsblauen Minirock und ein weit geschnittenes hellblaues

Oberteil an. Sie ließ dabei viele Knöpfe oben offen. Tobias zog bis auf die Unterwäsche seine Sachen vom Vortag an. Dann gingen beide ins Restaurant zum Frühstück.

„Wir brauchen nur ca. eine Stunde bis Wiesbaden bzw. Erbenheim" meinte Tobias dabei auf eine Karte schauend.

„Aber besser wir fahren gleich nach dem Frühstück los und machen unterwegs eine Pause. Ich will hier nie wieder dieser Chinesin begegnen" erwiderte Karin und Tobias nickte und nahm den letzten Bissen von seinem dritten Brötchen.

Sie packten ihre Koffer und checkten zügig aus. Tobias warf die Koffer hinten in den BMW hinein, setzte sich an das Steuer, Karin auf den Beifahrersitz und so fuhren sie aus der Tiefgarage. Karin stellte den Navi ein. In Frankfurt standen sie natürlich laufend im Stau, denn der Berufsverkehr ließ kein schnelles Fortkommen zu. Karin begann, ihre Fingernägel zu lackieren und wirkte total entspannt. Tobias schaute kurz zu ihr herüber und war erleichtert, dass sie wie sonst auch wieder guter Dinge war. Nach fast einer Stunde erreichten sie endlich die Autobahn und fuhren bald die A 3 Richtung Norden, um dann irgendwann in die A 66 abzubiegen.

Dass ihnen ein roter Toyota Auris folgte, bemerkten sie nicht. Dazu war die Verkehrsdichte zu groß. Obwohl der BMW eine Klimaanlage hatte, fingen beide an zu schwitzen.

„Laß' uns schnell ohne Pause zu diesem Gasthof Engel fahren. Die haben doch einen Biergarten. Dort können wir uns ja zuerst noch länger aufhalten, etwas essen und dann die Übergabe vornehmen. Wir haben ja Zeit, alle Verfolger sind wir los" schlug Karin vor.

Tobias nickte zustimmend. Er war sicher, dass sie diesen Chinesen entkommen waren. Die wussten weder, wer sie waren, noch wo sie sich befanden. Karin stellte ihre Beine angewinkelt hoch und rutschte etwas tiefer in den Sitz. Tobias sah hin und lachte laut:

„Du hast ja nichts drunter! Das sehe ich ja jetzt erst." −

„Mir ist einfach zu warm und so fühle ich mich wohler" gab sie lächelnd zur Antwort.

Sie drückte ihre Füße dann sogar höher gegen das Handschuhfach und stellte die Lehne weiter zurück. Tobias gab nur zurück:

„Ich muss mich auf den Verkehr konzentrieren, lenk' mich nicht zu sehr ab!"

Sie war total entspannt und suchte wieder einen Sender im Radio, der ihre Musik brachte. Tobias sah sie wieder von der Seite prüfend an und stellte erleichtert fest, dass sie wie immer war, auch mit ihrer eigenartigen Lust, sich auszuziehen und ihren unterschwelligen Humor. Den Schock vom Vortag hatte sie zum Glück schon weggesteckt. Als sie endlich auf die Autobahn A 66 einbogen, also nicht mehr weit vom Zielort waren, fragte Tobias ironisch:

„Willst Du so in den Biergarten?" Tobias grinste.

„Ich weiß nicht, ich muss an meinen Koffer. Ich zieh mich dort vielleicht noch um!"

Sie trug ihre langen Haare offen, machte sich nun wegen der Hitze wieder einen Pferdeschwanz. Nach einer weiteren Stunde kamen sie um kurz vor 12 Uhr in Erbenheim an. Sie fanden zuerst an der Straße keinen Parkplatz und Tobias beschloss dann kurzerhand, entgegen der Anweisung, den Wagen auf den Hinterhof des Restaurants zu stellen. Er bog dort ein. Auf dem sandigen Platz standen nur zwei andere Fahrzeuge. Den BMW stellte er mit der Schnauze in Richtung Biergarten, der sich dort gleich anschloss. Karin stieg bekleidet nur mit dem blauen Minirock und ihrem Oberteil aus, öffnete die Heckklappe und suchte in ihrem Koffer nach dem neuen blauen Kleid, das sie am Tag zuvor gekauft hatten. Aber dann griff sie nach dem kurzen weißen Kleid, das oben im Koffer lag. Sie zog sich dort hinter dem BMW einfach aus und das weiße Kleid über. Sie ordnete den Inhalt ihres Koffers schnell und stellte ihn kopfschüttelnd flach neben den anderen Koffer in den Wagen, da Tobias die Koffer einfach so hineingeworfen hatte. Das weiße Kleid mochte Tobias am liebsten und sie dachte bei sich: Wir werden es heute noch im Auto tun! Tobias war schon in den Biergarten gegangen, suchte einen schattigen Platz und wartete geduldig. Als Karin hinter dem Wagen fertig war, gab sie ein Handzeichen und Tobias kam nochmal etwas näher und schloss den BMW mit dem Funkschlüssel ab.

Im Biergarten waren nur drei weitere Tische besetzt. Ein einzelner junger Mann saß irgendwie gelangweilt an einem Tisch und hatte ein großes Bierglas vor sich. Eine Familie mit Kindern saß an zwei zusammengestellten Tischen. Sie redeten laut und durcheinander. In einem Gummiplanschbecken am Rand des Biergartens spielten ein paar Kinder, die offenbar auch zu dieser Familie gehörten. Etwas näher dran saß ein älteres Ehepaar. Er groß und hager mit Handstock und eine blonde Frau, die deutlich kleiner war. Es war sehr heiß, wieder über 30° und zum Glück war im Biergarten in weiten Teilen angenehmer Schatten. Dann kam die Chefin des Restaurants, eine auffallend dicke Frau, sehr freundlich und nahm die Bestellungen entgegen. Auf den Tischen lagen kleine Speisekarten für den Nachmittag mit Kuchenangeboten, aber auch anderen kleinen Speisen. Karin bestellte ein großes Bier und einen Wurstsalat. Tobias orderte zwei Stücke Käsetorte und ein Kännchen Kaffee. Die dicke Wirtin ging ins Haus, kam bald mit den Sachen wieder und wünschte guten Appetit. Karin hielt sich nach dem Essen wieder mit den Händen ihren Nacken. Es war kein Schmerz mehr, aber ein Bedürfnis, den Hals nach hinten zu recken. Sie hatte immer noch leichte Probleme in der Halswirbelsäule. Aber nun streckte sie sich mit ihrem ganzen Körper im Stuhl nach hinten. Sie wollte Tobias reizen. Ihr Kleid rutschte dadurch hoch und gab ihre Oberschenkel bis oben frei. Tobias streichelte zärtlich über einen ihm zugewandten Oberschenkel. Dass vom Tisch nebenan aufgrund günstiger Blickrichtung auch alles das zu sehen war was nur Tobias galt und der ältere Herr mit dem Handstock ein gerade noch hörbares „Oi, joi, joi" aussprach, störte sie nicht. Sie gab ihm sogar ein freundlich zugewandtes Lächeln zurück. Dann nahm sie wieder ihre normale Körperhaltung an und das Kleid bedeckte knapp was zu bedecken war. Tobias schüttelte den Kopf:

„Du bist doch ein kleines Luder" flüsterte er ihr liebevoll zu und rückte seinen Stuhl noch näher heran.

Sie beugte sich vor und beide küssten sich zärtlich. Sie turtelten so verliebt, als wären sie im Biergarten ganz allein und sahen nicht, wie die dicke Wirtin sich mit ihren Hintern mitten in das Planschbecken zu den spielenden Kindern setzte. Sie bemerkten auch nicht, dass ein roter Toyota Auris auf den Sandparkplatz fuhr und wendete. Sie sahen nicht, dass ein junger Mann mit Bermudas, grauem Tshirt und Basecap ausstieg und am Rande des Biergartens in das Lokal ging und ein dicker großer Mann um das Fahrzeug ging, um auf den Fahrersitz wieder Platz zu nehmen.

*

Georg und Ben fuhren auf den Sandparkplatz im Hof des Restaurants „Engel" in Erbenheim. Sie sahen den Detektiv und seine Lady, wie Georg die Frau immer nannte, an einem Tisch sitzen und wie frisch Verliebte turteln. Der Plan war einfach: Ben sollte im Inneren des Lokals am Fenster Platz nehmen. Wenn es eine Übergabe am Platz im Biergarten geben sollte, würde er blitzschnell herauslaufen, die Mappe im Überraschungseffekt an sich nehmen und im Nu im Auris einsteigen. Weg wären sie. Das wäre dann die perfekte Aktion! Der Boss wäre zufrieden. Und sie hätten die Chinesen gelinkt, vor denen sich sogar Georg fürchtete. Die waren absolut humor- und gnadenlos.

*

„Kann ich noch was für Sie tun?" fragte plötzlich die Wirtin und führte beide Verliebte in die Realität zurück. Tobias erschrak fast und brauchte Sekunden, um sich wieder zu orientieren. Es ist Zeit für die Übergabe, dachte er gleich.

„Wir würden gern Ihre Altbierbowle bestellen. Übrigens haben wir Grüße von Albert auszurichten, Albert aus Hamburg."

Die Wirtin schaute beide seltsam an.

„Altbierbowle haben wir nicht, wäre aber mal eine gute Idee. Und einen Albert?"

Sie zuckte mit den Schultern.

„Wegen Albert frage ich mal unseren Koch. Ich komme gleich."

Karin ahnte sofort, dass was nicht stimmt. Sie hatte trotz der sie gerade überschwemmenden Lustgefühle immer einen sechsten Sinn. Keines der Stichworte für die Übergabe kam an. Ihr kam sofort in den Sinn, dass irgendetwas Unvorhergesehenes passiert sein musste. Überhaupt war die ganze Angelegenheit mehr als seltsam und unlogisch. Tobias wunderte sich auch und sah seine Partnerin kopfschüttelnd und ratlos an. Die Wirtin kam schnell wieder an ihren Tisch:

„Niemand kennt einen Albert. Aber hier ist schon mal unsere Abendkarte. Sie können schon bestellen, der Koch ist heute früher gekommen."

Tobias und Karin sahen sich fragend an. Sie blieben aber entspannt und nahmen die Lage hin wie sie war.

„Wir zahlen und fahren nach Hamburg zurück. Wir kommen hier nicht weiter, irgendetwas stimmt nicht und besser wir verschwinden jetzt" meinte Tobias.

In diesem Moment kam von hinten eine Hand und entriss ihm die Speisekarte, die einen lederähnlichen Einband besaß und das Format A 4 hatte. Tobias erschrak und Karin erkannte den jungen Mann mit der Basecap sofort wieder. Der war wie ein Blitz weiter zum Parkplatz gelaufen, wäre fast über den Handstock des älteren Herrn am Nebentisch gefallen, der das alles mitbekam und stieg in den roten Toyota Auris. Im Nu war der Wagen davon. In diesem Moment konnte sich Karin vor Lachen nicht halten.

„Das war die Übergabe!" spottete sie, „Eine Speisekarte! Das alles entwickelt sich ja zur Farce. Oder gibt es am Ende hier die versteckte Kamera? Jetzt haben wir wirklich Zeit."

Tobias lachte ebenfalls und trank den Rest seines Bieres aus. Der Herr am Nebentisch fragte: „Kennen Sie den Mann? War das ein billiger Streich?"

Karin zuckte mit den Schultern und schüttelte nur den Kopf. Sie lehnte sich entspannt zurück und Tobias winkte die Wirtin herbei.

Sie bezahlten in aller Ruhe bei der Wirtin und gingen ohne Eile durch den Biergarten zu ihrem Wagen.

*

Georg fuhr zügig in Richtung A 66. Sie wollten jetzt schnell nach Hamburg und Georg war gut gelaunt.

Das erschien Ben wie ein Wunder. Das hatte er noch nie erlebt. Ben hielt die Ledermappe in seinen Händen und war stolz, alles nach Plan ausgeführt zu haben. Er warf die Mappe auf die Rückbank. Der Boss wird staunen, dachte er. Er selbst würde wohl auch an Ansehen gewinnen. Als sie von der A 66 auf die A 3 einbogen, entschied Georg, die nächste Raststätte anzufahren, um sich zu erfrischen. Außerdem hatte er angesichts der Hitze einen unbändigen Bierdurst. Am liebsten wäre er selbst in den Biergarten des *Engels* geblieben. Der schien ihm doch sehr einladend zu sein. Die Raststätte Bad Camberg Ost näherte sich und sie fuhren dort auf einen Parkplatz. Georg ungeduldig:

„So, jetzt will ich zuerst die Mappe sehen!"

Ben hatte sie auf die Rückbank gelegt und griff nach hinten und gab sie Georg. Der schlug sie auf und augenblicklich verfinsterte sich seine Mine, er lief rot an, sein Blutdruck stieg und er schrie augenblicklich los:

„Das ist eine Speisekarte vom Engel! Wollen die uns verarschen?"

Es folgten laute Flüche und ein heftiger cholerischer Anfall. Georg regte sich derart auf, dass Ben Angst bekam, er könnte die kommende unvermeidliche Luftnot nicht überleben. Oder der Schlag würde ihn augenblicklich treffen. Die Hustenanfälle kamen schnell und Georg warf die Speisekarte wütend durch den Wagen und wie immer am Ende: Unheildrohungen an alle und nicht endende Hustenanfälle. „Soll ich Bier holen?" fragte Ben und ohne eine Antwort abzuwarten lief er los zur Tankstelle und kaufte 6 Dosen Bier. Bei der ganzen Aufregung merkte er nicht, dass er versehentlich ein Sixpack alkoholfreies Bier genommen hatte.

Als Georg die erste Dose gierig öffnete ohne die Biersorte wahrzunehmen und in einem Zug in sich einsog, kam dieselbe Menge Flüssigkeit mit gleicher Wucht in einem hohen Bogen sofort wieder heraus. Ein weiterer cholerischer Anfall war die unvermeidliche Folge. Georg regte sich derart auf, dass man allein aus medizinischer Sicht Angst haben musste, es könnte sich ein schwerer Schlaganfall ereignen. Ben wartete das Ende mit den üblichen Hustenanfällen nicht ab, sondern lief so schnell er konnte wieder zur Tankstelle und holte nun das richtige Bier. Georg sog das Bier gierig ein, beruhigte sich nur ganz langsam und grübelte über die Lage und darüber, was er dem Boss berichten musste. Er verfluchte diesen Job. Soviel Probleme und Ärgernisse hatte er noch nie in so kurzer Zeit erlebt. Was war das diesmal für ein verrückter Job.

„Wir folgen auf jeden Fall dem BMW!" beschloss Georg nach einer Weile. „In Hamburg greifen wir zu und dann geht es nach meiner Methode. Mir reicht es jetzt. Die beiden werden alles ausspucken!" war er sicher.

Auf dem Tablett zeigte ihm Ben, dass der BMW schon auf die A 5 in Richtung Kassel eingebogen war. „Wir fahren los!" rief Georg und Ben fuhr den Wagen schnell zur Autobahn und gab Gas.

*

Tobias und Karin wollten nur noch nach Hause. Der Auftrag war gescheitert, aber es lag nicht an ihnen.

„Wir wissen überhaupt nicht, was jetzt passiert ist" sagte Karin während der Fahrt.

Sie saß auf dem Beifahrersitz und lehnte sich entspannt zurück.

„Irgendetwas muss dazwischen gekommen sein" erwiderte Tobias. „Vielleicht lebt der Teicher nicht mehr, gekillt von den Chinesen, oder wir sind nur Statisten, die ihren Kopf hinhalten sollen, damit andere sich in Ruhe absetzen können."

Karin überlegte, was passiert sein könnte. Sie spielten verschiedene Szenarien durch. Aber alles schien unlogisch.

„Auf jeden Fall werden wir nur noch mit der Frau Teicher Kontakt aufnehmen und sehen, ob sie mehr weiß" meinte Tobias und fragte: „Was machen wir, wenn sie eine neue Übergabe organisiert hat?" –

„Sind da nicht noch 10.000 Euro Honorar im Spiel? Da sollten wir jetzt keine Entscheidung treffen und abwarten, was zu tun ist."

Nach einer Weile überlegte Tobias wieder:

„Ich denke, wir können davon ausgehen, dass weder die Chinesen, noch unsere Verfolger die ominösen Dokumente haben. Wenn es sie überhaupt gibt, sind die entweder noch bei Teicher oder auf anderen Wegen bei seiner Frau angekommen." –

„Wir lassen das alles in Ruhe auf uns zukommen und was hältst du davon, wenn wir in Kassel im Motel der Raststätte übernachten?"

Karin hatte Lust auf eine schöne Nacht mit Tobias.

„Gute Idee!" erwiderte er und fuhr aber nun erst einmal die Raststätte „Wetterau" an, weil sich seine Blase meldete.

*

Während der Fahrt meldete sich auf einmal der Boss am Telefon. Georg zögerte einen Moment, weil er nicht so richtig auf das Gespräch vorbereitet war. Normalerweise kündigt sich der Boss per SMS mit einem Symbol ohne Worte an. Georg meldete sich brummig und der Boss wirkte vom Tonfall eher nachdenklich:

„Es ist was passiert. Dieser Verräter und Idiot von Teicher hat ja nichts Besseres im Sinn gehabt, als die Triaden zu informieren. Und die haben ihn jetzt gekillt. Ja, er wurde erschossen und unser Mittelsmann am Imbiss in Frankfurt wurde auch erschossen. Wenn es schlimm kommt, werden wir einen Krieg mit denen haben. Das bedeutet aber auch, dass die nicht in den Besitz der Dokumente gekommen sind. Diese Dokumente sind entweder beim Detektiv oder auf anderen Wegen bei der Teicher angekommen."

Georg berichtete dann dem Boss:

„Die Übergabe an den Detektiv und seiner Lady hat nicht mehr funktioniert! Die haben offenbar vom

Imbiss-Stand in Frankfurt noch die Hinweise für die Übergabe erhalten, aber in Erbenheim gab es keine Übergabe. Sonst hätten wir zugegriffen, denn wir waren vor Ort und bereit. Wir waren denen stets ganz nah auf den Fersen."

Der Boss schwieg eine Weile.

„Die Chinesen werden ganz sicher auch die Teicher suchen. Die werden sie solange foltern, bis die alles ausspuckt und sie dann eiskalt killen. Ihr müsst denen zuvorkommen!" –

„Wir sind hinter dem Detektiv. Am Wagen haben wir einen Peilsender angebracht. Die werden doch den Kontakt mit der Teicher suchen und wir sind dann da und machen kurzen Prozess." –

„Ihr müsst aufpassen, die Teicher ist ein falsches Luder. Die lügt dich trotz Schläge noch an. Die müsst ihr weichkochen und Geduld haben. Außerdem wird die schon wissen, dass ihr Typ tot ist und abtauchen. Wenn sie überhaupt mit jemanden Kontakt aufnimmt, dann mit diesem Alff. Also bleibt bei ihm dran."

Der Boss legte auf ohne ein o. k. abzuwarten. Ben gab etwas mehr Gas, um den Abstand zum BMW zu verringern.

Auf der A 7 vor Kassel gab es einen langen Stau. Es war heiß wie schon die Tage zuvor und Karin suchte einen guten Sender im Radio. Es war schon später Nachmittag und sie bekam außerdem Hunger. Tobias fing nun an, über die Sommerparty bei ihrer Schwester, die ja Übermorgen stattfinden sollte, zu reden.

„Was ziehen wir zur Sommerparty an und müssen wir was mitbringen?"

Karin sah ihn etwas verwundert an. Mit diesem Thema hatte sie nicht gerechnet.

„Es wird heiß sein, wir werden im Garten Kaffee trinken, meine Mutter kommt übrigens und stellt ihren neuen Mann fürs Leben vor (Karin lachte dabei kurz los) und im Grunde freue ich mich nur auf Tina." –

„Aber du solltest deine Schwester nicht unnötig ärgern. Letztes Jahr sind sie und deine Mutter in der Küche wie Hyänen auf dich losgegangen. Ich dachte schon, dass sie dich gleich verprügeln. Wenn Heinrich nicht eingeschritten wäre, hätten wir das Haus verlassen müssen."

Karin lachte laut und in Wahrheit hatte sie Spaß daran, ihre Schwester zu ärgern und Heinrich wegen seiner Heuchelei von wegen Moral und Sitte zu reizen.

„Ja, ja, ich werde nicht wieder oben ohne in den Pool springen, keine Sorge." –

„Ich habe ja nur keine Lust auf einen Skandal" erwiderte Tobias und „und es wäre schön, wenn wir nach all dem was wir jetzt durchgemacht haben, dort einmal ganz gemütlich im Garten sitzen und vor allem entspannen können. Sag' mal, könnt ihr euch nicht – ich meine deine Schwester und du – einfach mal richtig aussprechen?" –

„Mit Verena aussprechen?" Karin schüttelte den Kopf und lachte kurz auf.

„Verena war immer schon auf mich irgendwie neidisch. Als Kind gab es schon Streit, wer zum Beispiel das schönere Kleid hatte oder angeblich mit Geschenken bevorzugt wurde oder andere Gründe. Ich mochte sie damals gern ärgern bis sie jähzornig wurde. Sie war schon als Kind so leicht reizbar und berechenbar. Manchmal schlug sie mich dann allerdings." –

„Und deine Mutter?"

fragte Tobias weiter, weil ihm die Familienverhältnisse auf einmal doch interessierten.

„Die war fast immer auf Verenas Seite. Das war die bessere Tochter, die in der Schule besser war, studieren konnte und nun einen reichen Mann hat."

Tobias kam wieder auf das Sommerfest zurück.

„Hauptsache, du löst diesmal beim Sommerfest keinen Skandal aus." –

„Du denkst wegen Heinrich?" –

„Na ja, ihr hattet ja schon mal was miteinander, obwohl ich das nie verstanden habe. Einerseits betonst du oft, dass du ihn nicht ausstehen kannst und dann gab es da einen Ausrutscher. Ist meine Sorge so ganz unberechtigt?"

Karin schwieg. Ja, Heinrich wusste Frauen anzufassen. Bei ihm wurden Frauen schwach, immer schon. Sie wollte es damals nicht, aber es kam dann über sie. Wenn sie an diesen Mann dachte, war sie sich nicht sicher, ob nicht noch eine andere Lust in ihr steckte, die Lust von einem Macho genommen zu werden. Sie verstand es selbst nicht. Im Grunde mochte sie Heinrich tatsächlich nicht.

"Du musst keine Angst haben. Ich liebe nur dich. Lass' uns über etwas Anderes reden" bat sie.

Der Stau löste sich nur ganz langsam auf. Sie kamen erst um 20 Uhr auf dem Rasthof in Kassel an.

*

Georg fluchte laut, als es im Stau überhaupt nicht weiter ging. Er überlegte mit Ben, wie sie weiter vorgehen könnten:

„Am besten, wir schnappen uns die Lady von diesem Alff. Dann wird er alles machen und alles ausspucken, um sie heil zurück zu bekommen, wenn er ihre Schreie hört. Die Lady wird auch selbst alles verraten, wenn ich die in meine Finger bekomme. Da habe ich meine Methoden. Oder wir beobachten die wie sie mit der Teicher Kontakt bekommen und greifen uns die Teicher. Mir scheint das die bessere Lösung."

Ben hörte zu und nickte nur und war stolz, dass er sich mit ihm beriet.

„Was ist denn einfacher?" fragte er.

„Die Lady von Alff können wir sicher leicht greifen. Wenn die ein paar richtige Watschen bekommt, sagt die uns alles. Die Teicher ist vorsichtig wie eine Schlange. Der Teicher hatte bei ihr nichts zu melden, ein dominantes Luder" regte sich Georg auf.

Er konnte solche Frauen nicht ausstehen. Überhaupt konnte er die üblichen Nervereien von Frauen nicht leiden. Frauen hatten bei ihm den Mund zu halten.

„Ist die Teicher attraktiv?" fragte Ben nach einer Weile.

Er hatte ja bisher nur die Lady von Alff gesehen und die gefiel ihm.

„Ach was, attraktiv" brummte Georg. „Die Teicher ist ein mageres Knochengestell, nichts dran, nur Haut und Knochen. Aber er, der Teicher, stand ja auf sowas."

Ben schaute derweil auf das Tablett.

„Die halten vor uns!" rief er aus, „wahrscheinlich auf der Raststätte in Kassel." –

„Eine Übergabe wird da nicht stattfinden" war sich Georg sicher. „Wir fahren da auch ran." –

„Wollen wir uns dort die Lady schnappen?" fragte Ben.

„Nein, nein" brummte Georg, „ich hab' keine Lust die ganze Fahrt bis nach Hamburg so ein keifendes Frauenzimmer im Auto zu haben. Ich müsste ihr ja dauernd aufs Maul hauen."

Es dauerte noch bis sie endlich die Raststätte in Kassel erreichten. Auf dem Parkplatz sahen sie ganz nah zum Eingang den BMW stehen. Ben steuerte den Toyota etwas weiter davon entfernt auf einen Parkplatz, zwar mit Sichtkontakt zum BMW und Eingangsbereich, aber doch unauffällig in einer Reihe diverser Pkw. Georg stieg mühsam aus. Sein Rücken quälte ihn. Er streckte sich und Ben wartete auf eine Ansage.

„Wir essen hier was, aber drin im Restaurant sehen die uns vielleicht. Geh' vorsichtig rein und besorge uns was. Mir ein großes Schnitzel oder besser zwei mit viel Pommes."

Ben ging vorsichtig in die Raststätte. Im Vorraum stellte er sich unauffällig an den Zeitschriftenstand und schaute von dort in das Restaurant. Niemand von den beiden war zu sehen. Also besorgte Ben eilig alles, was sie brauchten und lief damit zum Auto, wo Georg schon ungeduldig wartete. Georg verschlang die beiden Schnitzel. Er nahm sie einfach in die Hand und hinterher verschlang er die doppelte Portion Pommes. Bier hatten sie noch im Auto.

„Müssen wir wieder im Auto übernachten?" fragte Ben.

Er konnte schlecht schlafen, da Georg laut schnarchte und auch andere Geräusche von sich gab. Er ließ auch reichlich Überdruck ab und Ben musste dann immer das Fenster öffnen.

„Ja, wo sonst?" kam die harsche Antwort.

*

Tobias hatte zwei Currywürste mit Pommes gegessen. Eine riesige doppelte Portion. Er hatte wirklich Hunger. Karin erinnerte ihn daran, dass er nicht nur künftig etwas Sport mache sollte, sondern auch seine Essgewohnheiten ändern müsse. Tobias hörte das nicht gern und wusste auch noch nicht wie er das umsetzen sollte. Er aß einfach gern und viel. Karin aß dagegen nur einen Salat. Sie kauften eine Flasche trockenen Weißwein, einen Kerner von der Weinstraße und nahmen ihn mit auf das gebuchte Zimmer. Das Zimmer lag im 2. Stock mit Blick auf die Parkplätze. Karin ging zuerst unter die Dusche und blieb danach nackt auf dem Bett sitzen. Tobias duschte nach ihr und kam ebenfalls nackt heraus und setzte sich zu ihr. Sie küssten sich leidenschaftlich und hatten lange Sex bis Tobias völlig erschöpft auf dem Bauch liegend alle Viere von sich streckte. Jetzt kam ihm wieder die bittere Erkenntnis, dass sie Recht hatte. Er müsste Sport machen und weniger essen. Andernfalls würde er keine 5 Jahre mehr diese Powerfrau aushalten können.

*

Verena plante inzwischen zusammen mit ihrer Mutter die Sommerparty, die wegen des zu erwartenden guten Wetters im Garten stattfinden konnte. Sie saßen auf der sonnigen Terrasse der schönen Villa unter einem gestreiften großen Sonnenschirm. Verena trug ein langes weißes Hauskleid. Sie hatte ihre Haare kunstvoll von ihrem Frisör hochstecken lassen. Die Mutter hatte ein recht kurzes weit fallendes türkisfarbenes Kleid angezogen, trug ihre roten Haare offen und hatte ein Blatt Papier vor sich, weil beide die Sitzordnung festlegen wollten. Die Mutter erinnerte daran, dass sie einen Gast mitbringen würde, eine große Überraschung und dass sie jedenfalls nicht gegenüber von Karin sitzen will.

„Karin wird wie immer viel zu offenherzig gekleidet sein. Warum ist sie nur so anders als du? Kannst du nicht vorher mit ihr sprechen? Es ist ja all die Jahre immer peinlich mit ihr gewesen." –

„Ich kann mit ihr nicht wirklich reden. Ich glaube, dass sie mich extra und aus Neid provozieren will. Heinrich ärgert sich auch jedes Mal darüber." –

„Ich kann ja mal mit ihr reden" bot die Mutter an. „Wer kommt denn noch außer euch?" fragte die Mutter.

„Also wie gesagt, Tobias und Karin, Heinrichs Bruder Friedrich im Rollstuhl, der Hauslehrer von Tom und dann natürlich du mit deinem Gast. Und Marina wird die ganze Zeit bedienen und für die Wünsche der Gäste da sein. Sie bekommt hier am Tisch aber keinen Platz."

Marina war die neue Haushaltshilfe, die Heinrich vor drei Woche zur Entlastung von Verena eingestellt hatte. Ein junges „Ding", 22 Jahre alt, ohne Ausbildung, aber Erfahrung im Service, da sie in diversen Kneipen gearbeitet hat und teilweise das noch macht. Verena ist ziemlich streng mit ihr. Sie soll nicht denken, dass sie irgendwie zur Familie gehört. Sie ist eine Hausangestellte und hat sich vornehm zurückzuhalten. Im Hauswirtschaftsraum hat sie einen schmalen Schrank für ihre Sachen erhalten. Dort kann sie sich auch umziehen und auch mal Pause machen. Dafür wurde extra ein Stuhl hinein gestellt. Nach einigem Hin und Her stand die Sitzordnung fest. Jetzt sollten Tobias und Karin gegenüber von Friedrich und Lars, dem jüngsten Sohn sitzen. Heinrich wird am Kopfende des Tisches sitzen wie immer und auch eine schöne Begrüßungsrede halten. Das junge Ding brachte nun frischen Kaffee nach draußen und als sie sich wieder umdrehte, um ins Haus zu gehen, rief Verena streng belehrend hinterher:

„Mädchen, du musst dein Kleid hinten richtig schließen und die weiße kleine Schürze nicht einfach knoten, sondern als Schleife hinten zusammenbinden. Das muss zum Sommerfest aber funktionieren!"

*

Ben hatte die Nacht kaum schlafen können. Georgs Geräusche waren diesmal einfach zu laut. Also hatte er meistens den Kopfhörer auf und lenkte sich mit Musik ab. Gegen 7 Uhr in der Frühe wachte Georg auf. Er stöhnte laut, da es im Toyota für ihn eigentlich zu eng war und so stieg er aus und reckte und streckte sich in der frischen Luft, die bald wieder von der Hitze vertrieben werden würde. Er sah zum BMW und brummte zufrieden, als der immer noch unverändert vor dem Eingang stand. Ben musste Frühstück besorgen und brachte eine große Tüte mit Brötchen, Rührei in einer Plastik-Schale, Aufschnitt und für jeden einen Becher Kaffee. Sie setzten sich auf die Ladekannte im Heck des Wagens und aßen in aller Ruhe. Ben drehte sich zum Abschluss einen Joint und mimte den coolen Typ. Georg steckte sich eine Zigarre an.

*

Karin erwachte um etwa 8 Uhr, immer noch in den Armen von Tobias, der sich nun auch im Bett streckte. Sie machten sich abreisefertig, checkten aus und verstauten die Koffer im Wagen. Karin trug ihr Haar offen, zog ihr blaues Kleid an, das sie in Frankfurt gekauft hatte und Tobias lief wie immer in Jeans mit Tshirt herum. Danach gingen sie in das Restaurant, um zu frühstücken. Tobias mischte sich widerwillig ein Müsli, dazu nur Kaffee und Orangensaft. Karin lachte laut los, als sie ihn damit zum Tisch kommen sah. Sie selbst hatte sich auch nur ein Müsli genommen. Tobias war sozusagen maulfaul, weil ihm das Frühstück nicht gefiel, er sich aber daran gewöhnen wollte. Karin war dagegen wie immer bestens gelaunt und bekam langsam die Überzeugung, dass dieser seltsame Auftrag erledigt sei.

Sie fuhren dann nach dem Frühstück sofort los. Diesmal saß Karin am Lenkrad und Tobias nahm auf dem Beifahrersitz Platz. Er nickte zwischendurch immer Mal ein.

„Auf dem Sommerfest geht es mir diesmal um Tina", verkündete sie nach einer längeren Schweigephase.

„Sie ist so ein tolles Mädchen und Verena will sie zu einem Leben zwingen, das nicht zu ihr passt. Und sie ja auch mein Patenkind. Da habe ich jedenfalls nach Sinn und Zweck einer Patenschaft ein Mitsprachrecht. So wurde mir das damals erklärt. Es ist sogar eine Pflicht!" –

„Tina ist anders als die beiden Jungs", stellte Tobias fest. „Die beiden Jungs sind irgendwie Weicheier – oder wie soll ich das sagen." –

„Eingebildet sind sie. Das kommt von Heinrichs Erziehung. Auch Tom ist übrigens noch weit entfernt von einem richtigen Mann!"

Da hatte Karin bestimmte Vorstellungen. Männer müssen groß oder zumindest massiger im Körperbau sein als Frauen, die ja immer auf ihre schlanke Linie achten. Tom war 18 und würde bald 19 werden. Er war kaum größer als Karin, aber spindeldünn mit zarten Händen und einer weichen Stimme. Für sie war das kein Mann.

„Tom soll ja wohl das Geschäft später übernehmen, oder?" fragte Tobias.

„Ich glaube ja, er soll ja auf jeden Fall entweder Jura oder Betriebswirtschaft studieren. Deswegen hat er doch diesen komischen Hauslehrer zusätzlich. Wahrscheinlich ist er auch allein zu blöd dazu", lästerte Karin.

*

Vor einer Stadtvilla im Stadtteil Eidelstedt in Hamburg fuhr ein schwarzer Van mit rundum getönten Scheiben vor. Der Wagen parkte genau vor der Villa. Die Fenster der Villa waren alle dunkel. Aus dem Van stieg zuerst eine Chinesin aus. Sie trug einen kurzen schwarzen Lederrock, ein schwarzes Top und kurze schwarze Stiefel. Nach ihr stiegen zwei chinesische Männer aus, alle schwarz gekleidet und näherten sich dem Haus. Der Eingang war im Nu geöffnet, als ob sie Schlüssel dabei hätten. Im Haus war niemand anwesend. Alle Vorhänge waren zugezogen. Die drei Chinesen durchsuchten alle Räume gründlich und hinterließen ein schreckliches Chaos. Sie warfen alles aus Schubladen oder Regalen auf den Boden. Die Chinesin kam nach einer Stunde allein aus dem Haus und ging zum Nachbarhaus. Sie klingelte an der Tür und eine Frau mittleren Alters mit vielen Lockenwicklern im Haar, noch im Morgenmantel, öffnete.

„Guten Morgen", kam es von der Chinesin „wissen Sie zufällig, wo Frau Teicher sich aufhält. Sie ist nicht zuhause. Wir sind mit ihr aber heute verabredet."

Die Frau im Morgenmantel war misstrauisch. Eine Chinesin in so einem schwarzen Aufzug morgens hier im Stadtteil? Hier waren noch nie Chinesen.

„Also, Frau Teicher ist schon seit einigen Tagen nicht mehr hier. Sie ist wohl in ihre Ferienwohnung gefahren." –

„Wissen sie die Adresse von der Ferienwohnung?" fragte die Chinesin nach.

Die Frau im Morgenmantel antwortete nicht, kam zügig die drei Steinstufen ihres Eingangs herunter und sah neugierig um die Ecke zum Haus der Teicher. Da trugen die beiden Chinesen gerade einige Kisten und Unterlagen aus dem Haus zum schwarzen Van.

„Was machen Sie denn da?" fragte die Nachbarin entrüstet, „das dürfen sie doch nicht! Ich rufe jetzt die Polizei! Ich habe alles gesehen!"

Sie wollte dazu die drei Stufen in ihr Haus zurück. Da griff die Chinesin sie von hinten. Ein kurzer Schrei und dann gab es zwei ruckartige von der Chinesin ausgeführte Kopfbewegungen bei der Nachbarin und schlagartig fiel sie in sich tot zusammen. Die Chinesin ließ sie auf die Steinstufen fallen, griff den Kopf und stieß ihn hart gegen eine Steinstufe und platzierte die Leiche so vor dem Eingang, dass man an einen unglücklichen Sturz denken könnte. Die Platzwunde am Kopf schien dann logisch zu sein.

Die drei Chinesen verließen nur wenige Minuten später den Tatort und niemand hatte was Verdächtiges gesehen.

*

Karin blieb bis Hamburg am Steuer des BMW. Endlich am Nachmittag erreichten sie ihre Heimatstadt. Sie fuhr den BMW direkt zu ihrer Wohnung in Altona und fand nach längerem Suchen einen Parkplatz. Beide stiegen aus, nahmen ihre Koffer und begaben sich in die Wohnung. Karin öffnete sofort die Fenster, weil es in der Wohnung nicht nur zu warm, sondern auch stickig war. Sie leerte beide Koffer und steckte die Schmutzwäsche – auch die von Tobias – gleich in die Waschmaschine. Tobias machte für beide in der Küche inzwischen einen Kaffee. Sie setzten sich beide gemütlich im Wohnzimmer an einen kleinen Tisch am Fenster. Zwei schöne Sessel standen dort gegenüber. Sie sahen sich immer noch verliebt an und Tobias dachte wieder an das bevorstehende Sommerfest.

„Zum Sommerfest wird es ja wieder so warm werden, dass ich keine Lust habe, ein Sakko anzuziehen und zum Hemd eine Krawatte zu tragen. Ich denke, ein weißes Hemd und das Sakko über den Arm wäre noch standesgemäß?"

Tobias hatte im Grunde wenig Lust, zum Sommerfest zu gehen. Die belanglosen Gespräche, die falsche Freundlichkeit und die Überheblichkeit von Heinrich nervten ihn immer wieder. Er fühlte sich dort auch nicht wirklich willkommen. Aber diesmal hoffte er darauf, dass der Tag ein Tag der Entspannung werden könnte. Was interessieren ihn da die Familienquerelen.

„Also, ich finde das angemessen."

Karin überlegte auch, was sie anziehen könnte, blickte dabei zu ihrem Kleiderschrank und schlug vor:

„Ich würde ja gern mein neues altrosa Kleid anziehen." –

„Oh, da ist aber oben so viel fei, dass bei einer falschen Bewegung alles rausfällt." Tobias lachte laut und stellte sich die Blicke ihrer Schwester vor. Karin fing ebenfalls an zu lachen und hing das Kleid wieder auf den Bügel und in den Schrank zurück.

„Meine Mutter sagte mir im Urlaub, ich solle mich mal mit dem Hauslehrer von Tom unterhalten. Ein gebildeter Mann, der für mich besser wäre. Da wäre das gewagte Kleid ja genau richtig." Sie lachte bei dem Gedanken laut los und die Fantasie ging bei diesem Gedanken mit ihr durch.

„Dann habe ich zur Auswahl: Mein kleines Schwarzes, aber eigentlich für die Hitze zu eng, das weiße Kleid, bei dem dir immer ganz heiß wird oder das andere weiße Kleid, das schön weit ist – und ich denke, dass es das richtige Kleid ist."

Tobias überlegte und stimmte ihr nickend zu. Allerdings waren alle diese Kleider total sexy und Blickfänger. Heinrich würde das gefallen, dachte er und lachte in sich hinein. Tobias hatte sich daran gewöhnt und fand auch in der Regel Gefallen daran, dass Karin einfach immer und überall aufreizend gekleidet war. Sie schien eine exhibitionistische Neigung zu haben, dachte er immer wieder im Stillen. Karin holte dieses letztgenannte weiße Kleid aus dem Schrank, zog es rasch an und führte es Tobias vor. Sie sah darin sehr hübsch aus und er nickte zustimmend.

„Nach allem was wir die letzten Tage erlebt haben, möchte ich dort keinen Skandal haben. Vielleicht solltest du vorsorglich einen Bikini einstecken, falls du wieder in den Pool gehen willst."

Tobias hatte noch das letzte Sommerfest vor Augen, wo es deswegen, weil Karin ihrem Patenkind folgend einfach ihr Kleid auszog und oben ohne in den Pool sprang. Verena und einigen anderen Gästen blieb fast der Atem stocken und es gab einen Riesenärger zumal auch noch ein Geschäftspartner von Heinrich eingeladen war. Karin lachte laut und fand die Szene immer noch lustig, stimmte ihm aber zu und küsste ihn fröhlich.

„Nach der Sommerparty versuchen wir, mit der Teicher Kontakt aufzunehmen" beschloss Tobias mit fester Stimme und öffnete eine Flasche Weißwein, einen Riesling vom Mittelrhein, den Karin noch im Kühlschrank hatte.

Der rote Toyota erreichte die Hamburger Reeperbahn und bog links vor dem Hans-Albers-Platz und von dort in eine der kleinen Seitenstraßen ein. Sie fanden einen Parkplatz direkt vor dem rückwärtigen Eingangs eines eher kleinen Bordellbetriebes. Der Betrieb gehörte zur Organisation und war quasi Wohnort von Georg. Er hatte dort eine kleine Wohnung im Obergeschoss mit Bad und kleiner Küche. Es gab aber weder Namensschild noch sah der Eingang nach einem Wohnungseingang aus. Ben durfte dort vorübergehend mit wohnen. Ansprüche an Wohnkomfort oder gar Wohnkultur hatte Georg nicht. Die alten vergilbten Tapeten mit blassem Blumenmuster stammten aus den 50er-Jahren, die Einrichtung war auch alt, aber stabil. Eine Schlafcouch, die Ben nutzen durfte und im Nebenzimmer ein Bett mit Eisengestell wie aus einem Vorkriegskrankenhaus für Georgs Gebrauch. Einige alte zum Teil schiefstehende Schränke rundeten das Bild ab. Es gab auch ein Bad mit Wanne und riesigen Gasboiler. Auch alles sehr alt. Aber hier fand Georg Ruhe und nur wenige Menschen wussten von diesem Wohnort. Ben warf die Reisetasche auf einen Stuhl und setzte sich auf einen uralten Sessel, der offenbar vom Sperrmüll stammte.

„Besorg uns Bier!" rief Georg knurrend aus dem Badezimmer und ließ kaltes Wasser in die Wanne.

Von unten aus dem Bordellbetrieb kam Wanda die Treppen hoch. Georg hörte es schon an ihrem Schritt. Wanda war die Puffmutter, Anfang 50, aber deutlich älter aussehend mit schwarzen längeren sehr dünnen Haaren, die immer etwas ungepflegt aussahen. Sie war sehr dünn und trug ein silberglänzendes Minikleid mit tief reichendem Ausschnitt. Die Brüste ließ sie gern mal seitlich herausfallen und tat dann so, als ob sie das nicht bemerkt hatte. Mit drei Flaschen *Astra Rotlicht* und mehrere belegte Brote auf einem großen Tablet kam sie in die Wohnung von Georg und rief ihn flötend. Sie kannten sich schon lange. Sie war für ihn so etwas wie seine Haushälterin. Wanda tat aber immer so, als ob sie seine Lebenspartnerin sei. Deswegen versorgte sie ihn gern und erfüllte alle Wünsche. Georg ließ es zu, nicht nur weil es sehr bequem war, sondern auch ein wenig aus einer alten Verbundenheit.

„Stell alles auf den Tisch!" kam es brummend aus dem Badezimmer.

„Brauchst du noch was, mein Süßer?" fragte sie zurück.

„Frische Sachen und leichte Schuhe" rief er und Wanda beeilte sich, ihm alles Recht zu machen.

Ben lief inzwischen auf dem Kiez herum und suchte Dealer für seine Joints. Als er zurückkam, zog Georg gerade frische Kleidung an und quälte sich, die neuen Schuhe anzuziehen. Sein Rücken machte ihn dabei sehr zu schaffen.

„Wo ist jetzt der BMW?" fragte Georg ruppig.

Ben holte aus der Reisetasche das Tablett, schloss es aber zuerst eilig zum Aufladen an eine Steckdose.

„Der BMW steht in Altona, also vor der Wohnung der Lady" antwortete Ben.

Georg brummte zufrieden und machte sich über die Brote her. Wanda kam nun auch mit einem Teller belegter Brote für Ben, der auch hungrig zugriff. Sie setzte sich mit an den Tisch. Sie hoffte, die letzten Neuigkeiten von Georg zu hören. Georg schwieg aber. Als Ben und er die Teller leer hatten, machte Georg nur eine eindeutige Handbewegung und Wanda ging mit den Tellern wieder die Treppe herunter.

*

Um 15 Uhr sollten die Gäste zum Sommerfest erscheinen. Tobias und Karin waren später, aber immer noch nicht die letzten Gäste. Tobias mit dunkelgrauer Baumwollhose und weißem Hemd, das er mit zwei Knöpfen oben geöffnet hatte und mit seinem dunklen Sakko über einen Arm. Er klingelte an der Haustür. Karin stand mit dem hübschen weißen Kleid neben ihm. Ihre blonden Haare trug sie offen. Sie sah wunderschön aus. Es dauerte seltsam lange bis schließlich Verena öffnete. Sie sagte kaum „Hallo" und sah sich suchend um. Eigentlich sollte Marina, die Haushaltshilfe alle Gäste hereinlassen und mit Sekt begrüßen. Die war aber gerade nirgends zu sehen.

„Kommt erst einmal herein" sagte dann Verena ungeduldig und zwang sich, einen freundlichen Ton anzuschlagen „Marina kommt gleich mit Sekt und dann kommt bitte in den Garten. Die anderen sind alle schon da."

Sie lief sofort wieder Richtung Garten und ließ die beiden stehen, rief aber laut nach Marina. In diesen Moment kam diese Marina die halbrunde große Treppe herunter. Sie zupfte nervös ihr Kleid zurecht und lächelte Tobias verlegen an:

„Ich komme sofort."

Sie trug ein sehr kurzes dunkelblaues Kleid mit einer weißen kleinen Schütze, die mit einen Spitzenrand besetzt war. Sie war kleiner als Karin, sehr zierlich und ging eilig unten in das Gäste-WC. Karin lachte, weil sie oben an der Treppe auch Heinrich kommen sah und sagte leise zu Tobias:

„Die muss erst ihren Mund ausspülen."

Tobias schüttelte den Kopf über Karins Fantasie. Heinrich war schon auf halber Treppenhöhe:

„Herzlich willkommen, ihr Lieben! Schön, dass ihr auch kommt. Dann ist die ganze Familie zusammen."

Heinrich kam nun ganz die Treppe herunter, begrüßte beide überschwänglich und küsste Karin dabei links und rechts auf die Wangen.

„Marina wird euch gleich noch den Begrüßungssekt bringen. Kommt dann bitte gleich in den Garten."

Tatsächlich kam Marina auch schon eilig um die Ecke, wo sich die Küche befand und reichte beiden auf einem silbernen Tablett Sekt.

Im Garten war ein langer Tisch aufgebaut. Mehrere Sonnenschirme sorgten für Schatten. Ein weit überhängendes weißes Tischtuch lag darauf und alles war darüber wunderschön gedeckt. Auch drei frische Blumensträuße standen in schönen Vasen auf den Tisch. Bis auf die Mutter und ihren Gast waren tatsächlich alle anwesend. Verena drehte sich um und winkte beide freundlich heran und zeigte auf die vorgesehenen Plätze. Sie nahmen Platz. Schräg gegenüber saß im Rollstuhl Friedrich, der ältere Bruder von Heinrich. Er trug stets eine helle Schiebermütze und sah immer alle grimmig und scheinbar schlecht gelaunt an. Er nickte beiden nur zu. Rechts neben ihm saß Tom, der ältere Sohn, der beide mit unsicherem Lächeln begrüßte. Korrekt mit weißem Hemd und roter Krawatte war er aus Sicht von Heinrich angemessen gekleidet. Daneben Herr Hanseklein, der Hauslehrer von Tom. Der Hauslehrer war groß und hager und saß so aufrecht, dass man meinen könnte, er hätte einen Stock verschluckt. Seine dünnen schütteren Haare waren mit strengen Scheitel sehr sorgfältig zur Seite gelegt und mit Pomade befestigt. Er trug zu weißem Hemd mit gelber Krawatte eine hellbeige Strickweste mit Zopfmuster. Seine etwas zu große Brille mit dickem Horngestell wechselte er ständig mit einer

Lesebrille ähnlichen Models. Neben Tobias waren zwei Plätze noch leer. Die Schilder nannten den Namen der Mutter und daneben einfach „Mutters Gast". Alle tranken noch den gut gekühlten Begrüßungssekt.

Kaum dass sich ein wenig Smalltalk zwischen den Gästen und der Familie einstellte, klingelte es an der Haustür.

„Das wird Mutter sein!" rief Verena und ziemlich laut im Befehlston „Marina! Bitte!"

Marina beeilte sich und öffnete den Ankommenden. Die Mutter und ihr Mann fürs Leben erschienen mit einem Sektglas auf der etwas erhöhten Terrasse, von wo aus einige Stufen zum Garten führten. Sie in einem luftigen Kleid, buntfarbig mit Blumenmuster im Folklore-Look und ungewohnt weitem Ausschnitt. Die Haare waren mit einem bunten Seidentuch zusammengeflochten. Sie winkte allen zu und strahlte über das ganze Gesicht. Ihr Gast etwas größer als sie, hatte ein Gesicht, das an einen Indianer erinnerte. Die gelichteten schon leicht angegrauten Haare trug er streng nach hinten zu einem kleinen Pferdeschwanz gebunden wie es in Künstlerkreisen Mode ist. Das kunterbunte Hawaiihemd war am auffälligsten. Es war nicht nur an vielen Stellen ausgeblichen, es war auch deutlich zu groß. Und unter dem langen Hawaiihemd ragte eine kurze schwarze Hose knapp heraus. Darunter dann die nackten Beine, stachelig und sehr dünn. Und schließlich, am unteren Ende, steckten die Füße in ausgetretene matschbraune Sandalen. Verena stockte der Atem. Sie schaute diesen Mann mehrmals von oben bis unten an. Karin verkniff sich mühsam das Lachen, ebenso Tina, die leise kicherte. Auch Marina, die hinter den beiden stand, amüsierte sich und eilte schnell wieder zurück ins Haus.

„Darf ich vorstellen!" rief die Mutter überschwänglich mit großer Geste und weiter: „Das ist Horst Meier, ein aufstrebender Kunstmaler, der kurz vor dem Durchbruch zu großer Bekanntheit steht. Und er ist nun mein Lebenspartner!"

Alle schwiegen, einige nickten nur dezent. Der Hauslehrer wechselte die Brille wieder auf Fernsicht und kniff die Augen dabei etwas zusammen. Karin stand auf und begann, alle am Tisch vorzustellen, um das betretene Schweigen zu durchbrechen. Die Mutter und Horst Meier setzten sich dann neben Karin wie es die Tischordnung vorsah. Der Kunstmaler griff sofort und unvermittelt zu einem der vollen Tortenplatten und wollte sich mit einem Stück Schwarzwälder Kirsch selbst bedienen. Die Mutter stieß ihn dezent an, weil in diesem Haus andere Tischsitten galten. Und schon erschien auf Handzeichen von Verena das Hausmädchen und bediente alle nach Wunsch mit Torten oder Kuchen. Langsam begannen die Gespräche und auch Horst Meier wurde zu seiner Kunst befragt. Seine Antworten waren inhaltlich interessant, aber bei vollem Mund und einer erheblichen Reichweite der Krümel, die nun aus seinem Mund schossen, äußerlich eher unangenehm. Friedrich, der gegenüber saß, rollte vorsichtshalber mit seinem Rollstuhl einige Zentimeter zurück und vermied vorerst weitere Fragen.

Jetzt stand Heinrich auf und erhob das Sektglas. Er begrüßte alle herzlich mit wohlgewählten Worten. Das konnte er gut. Dann wünschte er allen einen angenehmen Aufenthalt und anregende Gespräche. Karin rechts gegenüber saßen Tom und sein Hauslehrer Klaus Hanseklein, der umständlich mit der Kuchengabel umging und schon ein zweites Stück von der Käsetorte über seine Krawatte dabei einen Fleck hinterlassend fallen ließ. Nun bemerkte sie, dass Tom auf einmal irgendwie nervös wurde. Er wischte sich mit der

Serviette den Mund ab und stand auf, um scheinbar etwas vorzutragen. So jedenfalls meinten alle und schauten ihn wohlwollend mit gespannter Mine an.

„Bitte Ruhe!" rief Heinrich und schlug mit der Kuchengabel gegen das leere Sektglas. Er nickte Tom wohlwollend zu und war gespannt, was sein Kronprinz zu sagen hätte.

„Also, ich möchte nun etwas sagen oder besser bekanntgeben. Das ist nicht so einfach, aber ich werde ja in wenigen Tagen 19 und mache dann mein Abitur und, und", er stockte, lief im Gesicht rot an und sagte dann mit fester Stimme: „Klaus und ich haben uns verlobt und werden zusammenziehen."

Er setzte sich erleichtert hin und rührte verlegen in seinem Kaffee. Alle schwiegen. Verena fiel das Sektglas aus der Hand und es zerbrach hörbar an der Tischkannte. Sie lief wortlos ins Haus. Es schien fast so, als hielten alle den Atem an. Onkel Friedrich und Karins Mutter sahen ratlos zu Heinrich und hofften auf seine klärenden Worte. Dann erhob sich Heinrich, nachdem er sich wieder gefasst hatte. Mit blasser und ausdrucksloser Mine legte er los:

„Dieses Haus, diese Familie ist für mich – und nicht zuletzt meinem geschäftlichen Erfolg – als Rückzugsort und Aushängeschild an Wichtigkeit kaum zu überbieten. Wie ihr alle wisst, stehen für mich Moral und Anstand ganz oben an. Und nun muss ich eine Entscheidung treffen. Einen schwulen Sohn als Nachfolger kann ich in meinen Geschäftskreisen und Verbindungen, die ja über Deutschland hinaus in alle Welt und Kulturen bestehen, nicht präsentieren. Auch hier im Hause im Kreise der Familie dulde ich keine Sittenlosigkeit. Bitte Tom, verlasse jetzt mit Herrn Hanseklein dieses Haus!"

Heinrich blieb mit versteinerter Miene stehen. Tom und Klaus Hanseklein standen wortlos auf und verließen ohne Gruß und ohne sich umzublicken das Haus.

Karin lief nun ins Haus, um nach ihrer Schwester zu sehen. Verena stand in der Küche und stützte sich auf den Tresen. Sie blickte mit feuchten Augen aus dem Fenster und schien nicht ansprechbar.

„Das ist doch heute kein Problem mehr und kein Grund, Tom des Hauses zu verweisen", sagte Karin leise zu Verena.

Aber sie schwieg weiter, blickte sich auch nicht um und Karin ging wieder in den Garten zurück. Inzwischen war doch noch eine Unterhaltung am Tisch entstanden und auch eine Diskussion über Homosexualität. Tina regte sich sehr darüber auf, wie ihr Vater das beurteilte. Heinrich verbat sich ihre Kritik und erinnerte mit fast schneidenden Ton, dass er hier immer noch der Hausherr sei. Tina schwieg und stand wütend vom Tisch auf und setzte sich weiter unten im Garten auf einen Stuhl am Rande des Pools. Karin ging kurz darauf zu ihr und sie unterhielten sich leise über die Situation. Vom Tisch standen nun nach und nach alle auf und setzten sich in kleinen Gruppen an den Pool. Karin war so sauer über Heinrich, dass sie am liebsten nackt in den Pool gesprungen wäre und sich dann die Sommerparty mit viel Geschrei aufgelöst hätte. Um ihren Ärger zu mäßigen trank sie lieber etwas mehr Wein.

Nach einer Weile, als sich die Stimmung einigermaßen beruhigt hatte und auch Verena wieder erschien, lief Karin in das Obergeschoss, wo sich ein schönes Badezimmer mit großen Spiegeln befand. Sie hatte ihr Kleid mit Kaffee etwas bekleckert und wollte bei der Gelegenheit sich das Gesicht neu schminken. Als sie das Bad wieder verließ, stand Heinrich im Türrahmen des gegenüberliegenden Gästezimmers. Er zog sie am Arm in das Gästezimmer und schloss sofort die Tür. Dann griff er ihre Handgelenke und drückte sie an die Wand.

„Weiß du noch? Hier haben wir uns vor drei Jahren geliebt."

Er versuchte sie zu küssen. Karin drehte ihr Gesicht weg und wehrte sich. Er hielt sie aber an den Handgelenken fest und drückte seinen Körper an ihren.

„Stell' dich nicht so an! Mein Angebot von damals steht noch und ich erhöhe den Preis."

Sie wollte das alles nicht und war wütend, weil er sie noch dafür bezahlen wollte. Als er sie zu küssen versuchte, drehte sie ihren Kopf energisch weg. Er hielt sie aber noch sehr fest an die Wand gedrückt.

„Was ist los? Du willst doch in Wahrheit auch. Brauchst du die härtere Art wie damals?" –

„Laß' mich du Heuchler mit Anstand und Moral!" schrie sie ihn an. „Du bist doch hier der Sittenstrolch, nicht Tom."

Da schlug das Begehren in Wut um. Heinrich ohrfeigte sie, schlug sogar zweimal hart zu. Karin hielt schützend einen Arm vor ihr Gesicht, da sie mit einem weiteren Schlag rechnete.

„Du bist doch nur eine Nutte, nichts anderes", schrie er und schlug ihr tatsächlich nochmal ins Gesicht.

Irgendwie gelang es ihr ihn wegzustoßen. Er wollte sie gerade greifen und sie hatte Angst, dass er sie mit Gewalt aufs Bett wirft. Sie lief blitzschnell aus dem Zimmer gegenüber ins Bad und schloss hinter sich ab. Ihr Gesicht war von seinen Schlägen total rot. Als sie hörte wie Heinrich die Treppe hinab ging, atmete sie erleichtert auf. Sie kühlte mit dem Leitungswasser ihr Gesicht und trug neu Farbe auf. Es dauerte eine Weile bis sie sich erholt hatte. Und da hörte schon Tobias rufen:

„Bist du da oben?" –

„Ich komme gleich."

Sie beruhigte sich und erschien wieder im Garten. Nur wegen ihrer Schwester und ihrer Illusion von einer heilen Familie schwieg sie über diesen Vorfall. Heinrich sah an ihr vorbei und wirkte schlecht gelaunt.

Das Smartphone von Tobias meldete sich. Er saß jetzt zusammen mit Karin und Tina am Pool.

„Hier ist Liane Teicher" hörte er leise, „Herr Alff, ich bin in Gefahr. Ich kann nicht in mein Haus und wage nicht, meine Wohnung aufzusuchen, da mich die Chinesen verfolgen. Ich weiß nicht weiter. Ich sitze jetzt unter den Alsterarkaden im Arkaden-Café und – können sie kommen? Sie müssen in das Café hineinsehen, denn ich wage nicht, draußen zu sitzen."

Die Stimme war zittrig und leise. Tobias Alff sagte sofort zu und erzählte es Karin im Flüsterton. Er war auch froh, einen Grund für sein vorzeitiges Gehen zu haben.

„Fahre bitte allein, ich muss mich um Tina kümmern. Sie hat große Probleme. Sie will jetzt am liebsten abhauen. Aber melde dich schnell, vor allem, wenn ich kommen soll." –

„O. k., ich melde mich und wahrscheinlich brauche ich deine Hilfe."

Tobias verabschiedete sich rasch bei Verena und Heinrich, spielte ihnen sein Bedauern vor und nahm den BMW.

Nach 10 Minuten parkte Alff den BMW rechts im Ballindamm ganz am Ende an der Ecke zum Jungfernstieg. Es war inzwischen 19 Uhr und es zogen dicke Regenwolken auf. Es sah nach

Gewitter aus. Er lief zu den Alsterarkaden und sah in das Arkaden-Café hinein. Frau Teicher erkannte er sofort. Sie trug ein auffallend rotes Kleid mit halblangen Ärmeln und schulterfrei. Sie winkte ihn sofort zu sich. Er gab ihr die Hand und sie trank noch einen Schluck vom Sekt, den sie bestellt hatte.

„Alles ist anders gekommen. Mein Mann haben die Chinesen erschossen. Ich musste alle Kontaktfäden abbrechen und abtauchen. Deshalb war die Übergabe in Erbenheim nicht mehr möglich. Ich wollte vor zwei Stunden nur einige persönliche Sachen aus meinem Haus holen und sah einen schwarzen Van davor stehen und wusste Bescheid. Das Taxi hat mich dann schnell hierher gebracht. Ich weiß nicht wo ich jetzt sicher bin."

Und da rollten Tränen über ihr Gesicht und sie nahm schnell die Serviette und wusch sie ab. Tobias wunderte sich. Sie war völlig anders als vor Tagen bei der Auftragserteilung. Sie wirkte jetzt fast zerbrechlich. Tobias erzählte kurz, in welcher Gefahr sie in Frankfurt waren und dass nicht nur die Chinesen, sondern auch zwei andere Männer sie verfolgt haben. Sie redete leise und hatte wieder feuchte Augen:

„Mein Mann hat aus Verzweiflung einen großen Fehler gemacht. Er hatte gehofft, die Chinesen würden gegen die Organisation Krieg führen und er hätte den Rücken frei. Aber die Triaden, diese Mörder, sind brutal und unberechenbar." –

„Und nun?" fragte Tobias Alff.

Sie hob nur unschlüssig ihre Schultern und senkte ihren Blick.

„Wir sollten jetzt besser zum Alsterpavillon gehen, da haben wir einen besseren Überblick, falls Gefahr droht. Hier wären wir in der Falle" schlug Alff ihr vor.

Sie nickte nur, zahlte, nahm ihre edle schwarze Handtasche und folgte Alff nach draußen. Plötzlich erschrak Tobias Alff. Er ging zwei Schritte zurück wieder in den Eingangsbereich des Cafés. Rechts am Ende sah er den schwarzen Van und zwei Chinesen liefen die Alsterarkaden in ihre Richtung.

„Schnell, wir müssen sofort weg. Zwei Chinesen suchen in allen Cafés. Wenn die in das nächste Café hineinsehen, laufen wir sofort los!"

Tobias Alff nahm die Teicher an die Hand, hielt sie kurz hinter sich und ihr wurde gerade klar, dass Alff die Chinesen gesehen hatte, die schon bei ihrem

Haus waren. Sie erschrak heftig. Die beiden Chinesen sahen sich in jedem Lokal der Arkaden um. Und dann schien die Gelegenheit gut. Tobias Alff zog die Teicher hinter sich her und beide liefen in Richtung Jungfernstieg, bogen links ab und rannten um ihr Leben. Sie bemerkten nicht, dass die Chinesen sie noch sahen, als sie aus den Alsterarkaden hinausliefen. Als Tobias Alff sich wieder kurz umsah, waren die Chinesen schon näher gekommen. Er zog die Teicher links in die Poststraße. Dort liefen sie teilweise gebeugt um parkende Autos herum, um nicht sofort gesehen zu werden. Es fing an zu regnen. Ein Gewitter war im Anmarsch und der Regen wurde immer stärker. Die Teicher verlor einen Schuh und rannte nicht weiter. Tobias drehte sich um und nahm den Schuh schnell auf.

„Wir müssen weiter!" rief er ihr zu.

Sie rannten weiter über die Poststraße zum Gänsemarkt. Wegen des Regens waren kaum Menschen auf der Straße. Vom Gänsemarkt zog Tobias Alff sie wieder in Richtung Alsterpavillon. Es war fast ein Zick-Zack-Kurs und die Verfolger verloren sie kurz aus den Augen. Als sie die Straße zum Pavillon überquerten, sahen sie, dass die Chinesen sich suchend umsahen. Die Situation war günstig. Tobias Alff zog die Teicher schnell nach links ganz an den Rand der Alster und sie duckten sich hinter einem kleinen städtischen Lieferwagen, der dort abgestellt war. Wenn die Chinesen sie kurz gesehen haben sollten, sah es aus, als ob sie direkt zum Alsterpavillon gelaufen wären.

„Sie müssen ihr Kleid ausziehen und ich mein Sakko!" sagte Alff atemlos.

Sie sah ihn zweifelnd an.

„Ich habe nur Dessous drunter." –

„Ja, Frau Teicher, die Chinesen können europäische Gesichter nicht so gut unterscheiden, genau wie wir es bei denen nicht können. Die halten nur Ausschau nach einer Frau in einem roten Kleid! Nur so haben wir eine Chance."

Ihr Kleid war völlig durchnässt. Sie zog es dann zügig aus. Tobias Alff sah nun ihr schwarzes Unterkleid mit vielen Spitzen an allen Enden. Es sah teuer aus. Das Hemdchen ging bis knapp über ihren Po. Dazu trug sie im gleichen Stil ein Höschen in Form eines kurzen Shorts. Alff zog sein schwarzes Sakko aus und trug darunter sein weißes Hemd, das nun auch völlig nass wurde. Er rollte schnell ihr Kleid eng zusammen, darüber dann sein Sakko.

„Wir müssen das hier irgendwie verstecken" meinte Alff leise und sah von dort aus zum Alsterpavillon.

An der Rückseite zur Alster entdeckte er nah am Gebäude einen Starkstromkasten, der bunt mit Graffiti beschmiert war. Beide schlichen sich dort hin und sahen die beiden Chinesen auf der anderen Seite des Pavillons. Sie sahen sich auch innerhalb des Gebäudes um. Die suchten bereits die Frau im roten Kleid. Alff drückte die aufgerollten Sachen zwischen Kasten und Hauswand, einem nur kleinen Zwischenraum. Tobias Alff hatte jetzt einen klaren Plan wie sie den Chinesen entkommen kommen könnten.

„Frau Teicher – hören Sie zu! Wir müssen jetzt ein Liebespaar spielen und uns an eine Außenwand hier beim Pavillon drücken. Kommen Sie schnell!"

Alff zog sie vorsichtig von der Rückseite des Gebäudes zur Vorderseite. Niemand saß wegen des Regens draußen. Die Plätze drinnen waren dagegen alle belegt.

Alff sah eine geeignete Ecke am Gebäude und drückte die Teicher an die Wand. Sie machte mit, war aber total verunsichert und fühlte sich in der

Öffentlichkeit in ihren Dessous nicht wohl. Dabei sah es gut aus. Man könnte auch denken, dass sie ein leichtes Mädchen vom Kiez war. Jedenfalls drückte Tobias Alff sie fest an die Wand und wollte sie küssen. Es musste wirklich echt aussehen. Sie drehte ihren Kopf aber leicht zur Seite.

„Bitte, Frau Teicher" flüsterte er ihr nur mahnend zu und da erwiderte sie seinen Kuss.

Obwohl Tobias Alff sie ohne jede Leidenschaft küsste, begann sie auf einmal, den Kuss immer leidenschaftlicher zu erwidern und drückte ihren Körper an seinen. Tobias Alff spürte ihren durchnässten Körper und begann sie mit seinen Händen zu umfassen. Seine Hände schoben sich auch höher und als er ihre kleinen Brüste erreichte, spürte er sein eigenes Verlangen. Inzwischen sah er aber wie die Chinesen um den Pavillon herum suchten und auch einen Blick auf das Liebespaar verschwendeten, ohne Verdacht zu schöpfen. Dann liefen sie vom Pavillon über die Straße zurück. Alff war erleichtert. Frau Teicher schob dezent ein Bein weiter vor und fühlte deutlich, dass dieser Mann, der Privatdetektiv auch erregt war. Sie küssten sich immer leidenschaftlicher bis Tobias Alff wieder an die Chinesen dachte, sich abwendete und sich vorsichtig umsah. Aber die

Chinesen waren tatsächlich weg. Er atmete schwer und seine Gedanken kreisten um diese geheimnisvolle Frau. Sie suchte indessen wieder seine Lippen und schmiegte sich ganz eng an Tobias Alff.

„Ich heiße Liane" flüsterte sie ihm zu und sah ihn mit großen Augen an.

„Wir müssen hier weg" sagte Tobias und die weiter durchdringende Nässe mahnte auch zu einer Entscheidung. Er überlegte während er immer noch einen Arm um ihren Körper hielt und ihn eng an seinen drückte.

Sie könnten ein Taxi nehmen. Gegenüber standen einige Taxen und warteten auf Fahrgäste. Aber wohin?

„Ich muss unbedingt klären, wo wir hin können", sagte Tobias Alff und war wieder völlig klar im Kopf.

Er löste sich von ihr und stellte sich nun neben Liane Teicher auch an die Wand gelehnt. Beiden lief das Regenwasser vom Kopf und es tropfte von der Kleidung. Sie waren völlig durchnässt. Er nahm sein Smartphone und rief Karin an.

„Karin, wir müssen Frau Teicher vorübergehend irgendwo unterbringen wo es sicher ist. Hier waren wieder die Chinesen und wir konnten uns zum Glück gut verstecken." –

„Wo seid ihr denn", fragte Karin besorgt zurück.

„Wir sind am Alsterpavillon und könnten mit dem Taxi wegfahren. Sag mal, was mir gerade einfällt, dieser Kunstmaler erzählte doch von seinem kleinen Atelier. Frag' ihn doch schnell, ob er dort für zwei bis drei Tage Frau Teicher aufnehmen könnte." –

„Die sind schon weg und ich wollte auch gerade gehen. Aber ich rufe meine Mutter an. Da wird er bestimmt sein. Ich melde mich gleich wieder."

Liane Teicher hatte alles mitgehört. Sie lehnte sich wieder an Tobias Schulter.

„Hast du eine Idee? Bekannte, die dich kurzzeitig aufnehmen könnten?" fragte Tobias die Frau an seiner Seite.

„Nein, das sind alles Leute aus der Welt, der ich entfliehen will. Ich habe niemanden sonst." –

„Und in einem Hotel?" –

„Ja, das wäre denkbar. Zuerst muss ich aber was zum Anziehen habe. So kann ich nicht in ein Hotel und schon gar nicht so durchnässt."

Das Smartphone meldete sich wieder und Karin redete gleich los:

„Ja, der Horst, also der Kunstmaler, würde sie vorübergehend im Atelier wohnen lassen. Meine Mutter hat – du kannst es dir ja vorstellen – die Zeit auf höchstens drei Tage begrenzt." –

„Wo ist denn dieses Atelier?" –

„In der Marktstraße, also neben der Feldstraße wo der große graue Bunker steht. Es soll ein ehemaliges Tabakgeschäft sein. Am Fenster außen steht in bunten Lettern *Farbenspiel*. Horst wird sich gleich auf den Weg machen und ich komme auch dort hin." –

„Super! Wir nehmen ein Taxi und sind gleich da."

Tobias war erleichtert, dass sich für die nächsten Tage eine Lösung anbot. Sie gingen beide über die Straße und Tobias öffnete beim ersten Taxi die Beifahrertür. Der Taxifahrer, ein älterer Mann, sah beide kritisch an. So völlig durchnässt und die Frau in Dessous, wo alles aufgrund der Nässe völlig durchsichtig war. Er zögerte kurz, gab dann aber wegen des Wetters sein o. K. und fragte nach dem Ziel. Beide stiegen hinten ein und gaben die Marktstraße als Ziel an. Das Taxi startete und Liane Teicher lehnte sich hinten an Tobias Seite an. Sie fror. Er legte seinen Arm um sie und bekam zärtliche Gefühle für diese Frau.

„Wie komme ich an mein Kleid?" fragte sie leise.

„Morgen werden wir es holen, wenn es dann noch dort ist" antwortete Tobias.

Es dauerte nur etwa 10 Minuten und das Taxi bog in die Marktstraße ein. Tobias ließ das Taxi gleich am Anfang der Straße halten. Er wollte noch ein Stück vor dem Atelier nach dem Rechten sehen, ob auch keine Gefahr droht oder sie verfolgt wurden. Liane Teicher zahlte und stieg aus. Tobias sah einen Hauseingang, der mit drei Stufen etwas zurück lag und Schutz vor dem Regen bot. Er führte sie dort hin und sie stand im Schatten des Eingangs geschützt vor dem Regen.

„Ich schaue erst einmal, ob wir hier sicher sind. Bleib hier bitte stehen. Ich komme gleich wieder."

Er ging zurück zur Feldstraße und sah sich um. Aber es gab keinen schwarzen Van und auch sonst keine verdächtigen Personen. Dann ging er mit Liane Teicher die Marktstraße entlang bis sie das Atelier fanden. Drinnen war schon Licht. Tobias klopfte leise und der Kunstmaler öffnete sofort und sah beide interessiert an.

„Kommt schnell rein, es regnet ja so stark."

Beide traten in das Atelier, wenn man es so nennen konnte. Der vordere Raum war früher der Verkaufsraum. Dort standen am Boden hintereinander Bilderrahmen, einige halbfertige Bilder und bespannte Leinwände, eine große Staffelei, zwei Stühle, ein Regal mit allerlei Utensilien und an der Wand hingen mehrere scheinbar fertige Gemälde. Alle diese Gemälde bestanden aus bunten Flecken wie Klekse und Tobias konnte mit keinem Bild etwas anfangen. Sie wurden in den hinteren Raum gebeten. Dort stand eine lange Schlafcouch, die schon bessere Tage gesehen hatte, zwei alte fleckige Sessel, zwei einfache Holzstühle vor einem kleinen alten Holztisch, der von vielen Farbflecken übersät war. An den Wänden wieder mehrere dieser undefinierbaren Bilder und ein Regal mit Farbdosen. Auf einem kleinen Küchentresen mit winzigem Spülbecken stand ein zweiflammiges Herdelement, im Regal darüber Teedosen und etwas Geschirr. Nach hinten sah Tobias einen kleinen Flur und eine Tür, die vielleicht auf einen Hof führte. Tobias öffnete dann die Tür zum Bad. Ihm kam ein schlechter Geruch entgegen. Ein kleiner Raum mit einem uralten WC, davor ein Waschbecken mit Spiegel. Alles war mehr oder weniger verdreckt. Liane setzte sich auf einen der Sessel und begann zu frieren. Horst holte eine alte graue Wolldecke und gab sie Liane. Sie zog dann ihre nassen Dessous ohne Zögern und Scham aus und stand völlig nackt im Raum bis sie die Wolldecke so um sich gelegt hatte, dass ihr wieder warm werden konnte. Horst machte große Stilaugen. Eine nackte Frau in seinem Atelier hatte er noch nicht. Tobias setzte ungefragt Teewasser auf.

An der Tür hörten sie ein leises Klopfen. Horst machte auf und Karin kam hinein und sah sich neugierig um. Liane Teicher sah sie nun das erste Mal. Die grüßte leise vom Sessel aus.

„Ich weiß nicht, ob wir Liane, also Frau Teicher hier länger als eine Nacht zumuten können" sagte Tobias möglichst emotionsfrei, weil auch ihm das Atelier wie ein Dreckloch vorkam.

Karin inspizierte sofort den WC-Raum und ließ sich wegen Horst nichts anmerken. „Ja, wir können aber hier in Ruhe überlegen wie es weitergeht" sagte sie und schaute die Teicher an:

„Haben Sie eine Idee?" –

„Ich kann nicht in mein Haus und morgen brauche ich Sachen zum Anziehen. Wir haben dann schon an ein Hotel gedacht. Jedenfalls für einige Tage." –

„Also, das Kleid kann ich morgen vom Alsterpavillon holen. Das wird wohl total nass sein, wenn es überhaupt noch da ist."

Liane Teicher sah etwas hilflos in die Runde. Dann meinte Tobias, dass sie alle morgen die weitere Planung durchgehen sollten.

„Frau Teicher ist bestimmt müde und wir sollten sie hier schlafen lassen und kommen dann so gegen 8 Uhr alle wieder hierher."

Karin nickte und Horst wollte dann auch um die Zeit wieder erscheinen. Er würde dann Frühstück mitbringen. Liane Teicher begann plötzlich zu weinen. Sie saß zusammengekauert auf dem Sessel wie ein Häufchen Elend.

„Lasst mich bitte nicht allein. Ich kann sonst vor Angst nicht schlafen."

Karin sah sich im Raum um und fragte sich, wie das gehen soll. Eine großzügige Schlafcouch war ja vorhanden und dann gab es nur diese zwei alten Sessel. Die könnte man zwar zusammenschieben, aber das wäre nur ein unbequemer Notbehelf.

„Ich könnte hier bleiben und die Sessel so zusammenrücken, dass es für eine Nacht geht", schlug Karin vor.

Horst suchte sofort noch zwei weitere graue Wolldecken hervor und ein großes Kissen.

„Ich will euch aber nicht allein lassen" sagte nach einer Weile der Stille Tobias, „Ich könnte auf dem Fußboden schlafen oder mit dir, Karin irgendwie auf den Sesseln."

Horst verabschiedete sich nun und Karin nickte zustimmend. Dann fing sie an, das WC ganz grob zu reinigen, so dass man es wenigsten ohne Brechreiz nutzen konnte. Tobias machte inzwischen für alle Tee. Liane erzählte Karin all das, was sie Tobias schon erzählt hatte. Alles bekam einen traurigen Klang und über das Gesicht liefen Tränen. Karin blieb ziemlich unberührt und hatte sich die Teicher ganz anders vorgestellt.

„Und dann müssen wir noch über das restliche Honorar reden" warf Karin etwas spröde ein.

„Ich dachte, dass die Hälfte o. k. ist, weil der Auftrag ja nicht erfüllt werden konnte" schlug Liane Teicher etwas geschäftsmäßiger im Tonfall vor.

„Nein, nein" schoss es deutlich bei Karin hervor, „wir haben unter Lebensgefahr alles unternommen, um den Auftrag zu erfüllen. Die Chinesen hätten mich beinahe in Frankfurt gekillt. Mit der Hälfte bin ich auf keinen Fall einverstanden!"

Tobias war ihre Art für diesen Moment etwas unangenehm.

„Das sollten wir später verhandeln, wenn wir wissen wie es weitergeht."

Karin begann nun, mit den Decken und Kissen irgendwie die beiden Sessel zum Schlafen herzurichten. Die Teicher sollte also auf der Schlafcouch liegen. Karin unterdrückte ihren Unmut. Jeder hatte jetzt eine Wolldecke. Dann war es soweit. Die drei richteten sich auf ihre jeweiligen Schlafplätze ein so gut es ging. Sie schliefen schlecht.

*

Ben und Georg bekamen morgens von Wanda ein üppiges Frühstück serviert mit Eier, Schinken und Käse. Georg schmatzte laut und verschlang den größten Teil davon.

„Der BMW steht immer noch am Ballindamm" berichtete Ben, nachdem er kurz auf das Tablett sah.

„Ob da was passiert ist?" fragte sich murmelnd Georg. „Hoffentlich sind die Schlitzaugen nicht zuvor gekommen."

Georg rauchte nach dem Frühstück eine dicke Zigarre. Danach machte er noch einige Besuche auf dem Kiez und kam erst zur Mittagszeit zurück. Wanda servierte eine riesige Schüssel Bratkartoffeln und für jeden zwei große Schnitzel. Georg war sichtlich entspannt und langte gierig zu. Tischsitten waren ihm ein Fremdwort. Was er mit der Hand nehmen konnte, griff er. Der Boss rief kurz darauf an:

„Ihr müsst euch die Teicher holen! Die Chinesen haben ihr Haus durchwühlt und offenbar nichts gefunden. Die sind natürlich genauso hinter dieser Frau her. Die Teicher scheint untergetaucht zu sein. Denkt euch was aus. Es geht um Vieles auch um deine Zukunft. Vergiss das nicht."

Der Boss war nervös. Das hörte Georg deutlich heraus.

Sie fuhren zuerst zum Haus der Teicher. Vielleicht haben die Schlitzaugen was übersehen. Beide schlichen sich um das Haus, das mit polizeilichen Absperrband und Papiersiegel versehen war. Es war aber niemand zu sehen. Georg öffnete die Terrassentür mit einem Kuhfuß. Es krachte laut und die Tür sprang auf. Sie blieben einen Moment stehen und horchten, ob andere auf sie aufmerksam geworden sind. Alles war aber ruhig.

„Ben, es geht allein um Adressen! Wo könnte die Schlange sich versteckt haben. Und um Notarurkunden. Vielleicht hat sie was Neues gekauft."

Ben nickte und beide suchten in dem Chaos, das schon die Chinesen hinterlassen hatten, fanden aber keine Hinweise. Georg fluchte laut und musste sich erst einmal hinsetzen. Sein Rücken machte sich schmerzhaft bemerkbar. Ohne Erfolg verließen sie das Haus und fuhren auf den Kiez zurück.

*

Um 6 Uhr hielt Karin es auf dem Sessel nicht mehr aus. Sie stand auf, hatte ihr Kleid die Nacht über anbehalten und ging als Erste ins WC, um wenigstens die berühmte Katzenwäsche durchzuführen. Tobias schnarchte weiter und ihm schien die Unbequemlichkeit auf dem Sessel nicht zu stören. Liane Teicher wachte aber ebenfalls auf und stand auf, um auf das WC zu gehen. Karin stand an dem winzigen Küchentresen und sah die Teicher prüfend an. Sie war dünner, hatte weniger Busen, aber trotzdem eine ausgewogene Figur. Ihr Tobias hätte auch daran Gefallen, dachte sie bei sich. Sie nickte der Teicher nur kurz zu. Die kam nach wenigen Minuten mit einem Gesichtsausdruck von Ekel wieder zurück und in dem Moment erwachte Tobias und erhob sich gähnend. Karin beobachtete ihn, wie er die Teicher ansah. Liane Teicher suchte nun ihre Dessous und zog sie vorsichtig an. Als Tobias auch aus dem WC zurückkam, hatte Karin den Tee fertig. Sie setzten sich um den kleinen Tisch und warteten auf Horst.

„Das war eine furchtbare Nacht",

klagte Karin und als sie die Diskussion um die weitere Planung anstoßen wollte, kam Horst früher als angekündigt. Er brachte einem großen Korb mit Brötchen und Aufschnitt mit und eine große Thermoskanne Kaffee. Sie frühstückten gemeinsam und die allgemeine Laune hob sich merklich. Karin wurde ungeduldig:

„Ich fahre jetzt mit dem Taxi zum Alsterpavillon, hole die Sachen und bringe dann von mir zwei Kleider, die dir bestimmt passen könnten." –

„Oh, das ist nett von dir, denn mein Kleid werde ich bestimmt nicht gleich anziehen können. Hoffentlich ist alles noch da."

Karin lief los, das Wetter war wieder sonnig und sie nahm eines der Taxen, die vor dem Hochbunker standen. Zuerst ließ sie sich zu ihrer Wohnung fahren, duschte dort ausgiebig und suchte zwei Kleider für die Teicher aus, die ihr schon lange ein wenig zu eng waren. Sie selbst zog nun einen weißen Minirock und rosa Top an. Mit einem anderen Taxi ließ sie sich nun zum Alsterpavillon fahren. Sie hatte aus ihrer Wohnung eine große Papiertasche mit großer Aufschrift *Alsterhaus* mitgenommen.

Am Pavillon angekommen ging sie zielstrebig hinter das Gebäude und sah gleich diesen Starkstromkasten und dahinter ein schwarzes Bündel. Als niemand in der Nähe war, zog sie es hervor und sah, dass es das Sakko von Tobias war und das rote Kleid von der Teicher. Alles war aber völlig durchnässt. Sie sah aber nicht die kleine Minikamera, die oben an ein Fallrohr befestigt war und sie sah auch nicht den dunkelblauen Golf gegenüber dem Pavillon stehen. Der Chinese im Auto sah herüber und beobachtete die blonde Frau. Karin ging forsch zum Ballindamm. Auf dem

Weg dorthin kamen ihr schon viele Menschen entgegen. Sie sah den schwarzen BMW sofort. Hinter dem Scheibenwischer klemmte ein Strafzettel wegen Überschreitung der Parkzeit. Sie nahm ihn ab und legte ihn in den Wagen. Die Papiertasche mit den Sachen warf sie auf den Beifahrersitz und fuhr dann los. Sie merkte nicht, dass ein blauer Golf folgte.

*

Im Atelier verließ kurz nach Karin auch Horst die Stätte. Er wollte noch einkaufen, würde Bier mitbringen und etwa in zwei Stunden wiederkommen. Liane stand vom Sessel auf und war froh, mit Tobias allein zu sein. Er stand an dem kleinen Küchentresen mit einem Becher Kaffee. Sie kam zu ihm und drückte ihren ganzen Körper an seinen. Tobias umarmte sie und stellte den Kaffeebecher ab. Sie stellte sich auf die Zehenspitzen und begann ihn zu küssen. Zuerst zögerte Tobias ein wenig. Aber dann küssten sich beide leidenschaftlich. Tobias Hände gingen überall hin und er zog ihr das schwarze Hemdchen mit den schönen Spitzen über den Kopf weg. Sie zog ihr Höschen herab bis es von allein auf ihre Füße fiel. Die Leidenschaft erreichte einen Punkt, wo es kein Zurück gab. Sie öffnete seine Hose und er zog sie aus und sie zog ihn zum Sofa und legte sich nackt und erregt vor ihm hin. Tobias Alff legte sich zu ihr und sie ergaben sich gemeinsam dem Rausch der Sinne. Als er ermattet von ihr ließ und sich auf die Sofakante setzte, war es passiert. Es durfte nicht sein, aber es geschah. Ihn plagte das Gewissen. Er wollte nie seine Karin betrügen. Aber als er diese Frau neben sich wieder anschaute, ihre reizvolle Nacktheit und ihr verliebter Blick, war er ganz verwirrt. Sie erhob sich und schmiegte sich an seinen Körper. Er umarmte sie eine Weile, küsste sie und ging dann ins WC um sich gründlich zu waschen. Als er herauskam, huschte sie nackt hinein und vernichtete mit Wasser alle Spuren der Liebe. Liane zog wieder ihre Dessous an und Tobias seine Jeans. Sie schwiegen eine Weile.

„Ich habe an der Ostsee eine große Wohnung", sagte sie auf einmal, „niemand weiß davon und niemand soll es wissen. Das ist meine Burg, wo ich untertauche. Ich kenne dort niemanden und niemand kennt mich, außer der Hausmeister." –

„Sollen wir dich dort hinfahren, evtl. auch weit davor, damit es dein Geheimnis bleibt?" –

„Tobias, ich habe niemanden mehr. Ich will die alte Welt der dunklen Geschäfte mit all den Gefahren und Unsicherheiten verlassen. Und jetzt kann ich nur noch an dich denken." –

„Ich habe Karin und sie darf nichts erfahren. Es gibt keine bessere Frau für mich. Wir beide haben hier nur ein Abenteuer, ja ein schönes, einen Rausch und ich könnte dir sogar verfallen. Aber bitte, lass' es unser Geheimnis bleiben." –

„Es bleibt unser Geheimnis, versprochen!" –

„Und diese Wohnung an der Ostsee? Ist das jetzt die Lösung? Sollen wir dich dort hinbringen?" –

„Ich habe Angst vor der Einsamkeit dort." –

„Aber du kannst sofort alle möglichen Männer haben oder Freunde und Bekannte. Dort an der Ostsee ist immer viel los. Da wartet doch keine Einsamkeit auf dich! Da könntest du doch ganz neu beginnen."

Sie schwieg eine Weile und sprach dann etwas traurig:

„Ja, ihr bringt mich dort hin, aber nicht gleich morgen. Zuerst werde ich wohl in ein Hotel gehen und mein neues Leben planen."

Liane Teicher wischte sich rasch neue Tränen weg.

Tobias war erleichtert über ihre Entscheidung. Dann war es endlich zu Ende mit diesem seltsamen und gefährlichen Auftrag.

Es dauerte nicht lange und Karin erschien mit der großen Tasche. Den BMW hatte sie kurz vor dem Atelier parken können.

„Hier sind zwei Kleider von mir. Die schenke ich dir, wenn sie passen. Probier doch einfach mal."

Sie gab ihr die beiden Kleider. Eines war ein sehr kurzes lachsfarbenes Kleid, sehr dünner Stoff, oben wie immer mit gutem Ausschnitt. Das andere Kleid war angedeutet im Charleston-Stil, also gerader Schnitt, weinrote Farbe, leider am Busen ihr schon immer etwas zu eng. Liane zog die Kleider an und beide passten sehr gut. Sie dankte herzlich und fiel Karin kurz um den Hals. Das rote Kleid vom Pavillon war noch total nass. Auch das Sakko von Tobias war völlig durchnässt.

Als Liane ihr rotes Kleid ordentlich glatt über eine Stuhllehne legte, damit es dort gut trocknen könnte, kam Horst mit Bier und einigen Naschereien zurück. Er murmelte nur ein Hallo und packte die Sachen aus. Jetzt erst merkte Karin, dass ihr Tobias mit der Teicher offenbar länger allein war. Sie sagte nichts, beobachtete aber die

Teicher und sah wie sie Tobias verliebt ansah. Da war etwas! Doch Karin schob den Gedanken weg. Sie setzten sich wieder am Tisch zusammen und Liane Teicher erzählte von ihrer Wohnung an der Ostsee. Karin war über diese Planung froh. Dann war sie diese Frau auch aus ihrem Leben los. Während sie die Feinplanung besprachen, knallte es laut und plötzlich ging die Tür auf und krachte gegen die Wand. Die Chinesin mit ihren zwei Männern betrat energisch den Raum. Alle erschraken heftig. Einer der Chinesen hielt eine Pistole mit Schalldämpfer auf Tobias gerichtet. Der andere Chinese hatte einen Alukoffer mit und die Frau war wieder mit schwarzem Lederrock und einem schwarzen Tshirt bekleidet. Sie trug kurze schwarze Stiefel.

„Alle nach hinten an die Wand!"

Die Chinesin kommandierte energisch und sie beachtete nur Horst nicht, der an der Seite hinter dem kleinen Tisch auf einen zu niedrigen Stuhl saß und kein Laut von sich gab. Der Chinese mit der Pistole nahm ihn zwar wahr, hielt ihn aber dort für beherrschbar. Die Chinesin trat vor und griff Liane Teicher vorn an ihrem Dessous-Hemd mit den schönen Spitzen. Ein Ruck und das Hemd riss weit auf und ein weiterer Ruck und die Chinesin hatte den Stoff ganz in der Hand. Sie warf das Teil achtlos auf den Boden. Liane zitterte vor Angst. Sie stand mit nacktem Oberkörper vor der Chinesin. Die zog scheinbar ihren Gürtel aus der Taille heraus. Es war aber eine Gerte aus Leder. Als Liane es sah, schrie sie gleich panisch los. Da schlug die Chinesin die Teicher mit der Gerte über ihren nackten Rücken. Die schrie wie am Spieß und drückte sich hart hinten an die Wand. Die Chinesin griff in ihre Haare, zog sie zu sich und gleichzeitig nach unten. Die Gerte aus Leder traf dann mehrmals mit lautem Knall ihren Rücken, den Po und die Oberschenkel. Sie sank vor der Chinesin auf den Boden. Sie kniete vor ihr und war völlig fertig.

„Hört auf!" schrie Karin wütend dazwischen.

Da wendete sich die Chinesin Karin zu, sah sie streng an.

„Wir kennen uns doch! Und wieder so frech?"

Da schlug sie mit der Gerte hart über die nackten Beine. Karin sank mit einem Aufschrei in die Hocke, stand aber gleich wieder auf und schwieg. Die Teicher hockte flehend vor der brutalen Chinesin. Auf ihren Rücken konnte man mehrere rote Striemen sehen.

„Wo sind die Dokumente?"

Die Frage kam nicht laut, aber mit durchdringender Schärfe.

„Ich habe die Dokumente nicht, bitte, es ist so, ich habe sie nicht und weiß auch nicht wo sie sind."

Liane Teicher konnte das nur mit erstickter leiser Stimme sagen und wurde von einem Weinkrampf geschüttelt. Die Chinesin schlug erneut und brutal zu. Die Teicher schrie vor Schmerz und wand sich auf dem Boden.

Der Kunstmaler suchte indessen den Blickkontakt mit Tobias und als Tobias ihn endlich ansah, zeigte er ganz unauffällig knapp über den Tisch nur die Spitze einer Spraydose. Da sah Tobias neben sich im Regal mehrere solcher Spraydosen wie sie von den Grafitti-Sprayern verwendet werden. Bei den meisten dieser Dosen war der Deckel nicht mehr drauf. Tobias und Horst verstanden sich nur über die Blicke und dann ließ Horst einen Bilderrahmen, der neben ihm stand, umfallen. Es gab ein Poltern und die Chinesen sahen in die Richtung wo das Geräusch herkam. Tobias griff nun zu, die Spraydose und gleichzeitig die Pistole am Schalldämpfer und sofort sprühte er dem Chinesen die Lackfarbe voll ins Gesicht und damit auch in die

Augen. Der andere Chinese war so überrascht und wollte wegspringen. Aber Tobias traf auch sein Gesicht. Beide gingen schreiend zu Boden. Sie hielten ihre Hände vor ihr Gesicht, aber es gab keine Möglichkeit der Hilfe. Sie waren kampfunfähig. Tobias nahm blitzschnell die Waffe und richtete sie auf die Chinesin, die erschrocken zwei Schritte zurückwich. Sie war von dieser Aktion völlig überrascht.

„Her mit der Peitsche" schrie Tobias sie an.

Und da schien sie ihm die Gerte reichen zu wollen. Aber es ging auf einmal zu schnell. Die Gerte zuckte hoch und wickelte sich um die Pistole und die Chinesin riss sie damit Tobias aus der Hand. Ehe er sich versah, kam der Tritt. Ihr Stiefel traf die Genitalien und Tobias sank mit kurzem Aufschrei in sich zusammen und lag gekrümmt sich vor Schmerz windend am Boden.

Aber da kam wieder die Stunde von Karin. Sie war zwar erschrocken, aber nicht starr vor Schreck wie die Teicher, die nun völlig die Panik bekam und hysterisch ununterbrochen schrie. Karin riss der Chinesin blitzschnell die Gerte aus der Hand, gerade in dem Moment, wo sie sich scheinbar sicher war, das Blatt wieder zu ihren Gunsten gewendet zu haben. Und dann war da noch die aufgesparte Wut aus Frankfurt und die Wut über die Brutalität gegenüber Liane Teicher und nun noch Tobias. Karin schlug ohne Zögern und mit aller Kraft die Gerte durch das Gesicht der Chinesin. Die drehte sich weg, hielt beide Hände vor ihr Gesicht und wich einige Schritte zurück. Aber Karin schlug nochmal zu, voll auf die Beine, dann nochmal wieder über das Gesicht und da sank die Chinesin auf den Boden und im Gesicht trat Blut aus. Tobias saß zwar mit großen Schmerzen am Boden, aber er griff sich wieder die Pistole mit dem Schalldämpfer und als die Chinesin aufzustehen versuchte und ehe sie wieder irgendeinen Trick anwenden konnte, schoss er und da sank sie zu Boden und lag regungslos da.

Auf einmal war Stille und auch Liane Teicher war ruhig geworden und stand langsam zittrig auf. Nur die beiden anderen Chinesen hockten jammernd am Boden und waren ausgeschaltet. Tobias kam langsam wieder auf die Beine. Er setzte sich auf die Schlafcouch wo auch die Teicher jetzt saß. Karin setzte sich dazwischen und hielt ihren Tobias im Arm, der immer noch mit schmerzverzerrten Gesicht stöhnte.

Horst erhob sich auch zittrig hinter dem Tisch. Er war zwar voller Angst, behielt aber zum Glück die

Nerven. Liane Teicher begann wieder zu weinen, aber es war die Erleichterung und weil die Anspannung und Angst von ihr wich.

*

Georg und Ben fuhren den roten Auris in die Marktstraße, denn der Peilsender funktionierte noch und da sahen sie den Wagen auch stehen. Ein Stück weiter gegenüber dem Atelier mit der bunten Aufschrift am Fenster stand der schwarze Van mit den abgetönten Scheiben. Georg fluchte:

„Das sind die Chinesen, verflucht nochmal. Das sieht so aus, als ob die alle in dem Atelier sind. Vielleicht haben wir da ein schönes Familientreffen und können alte Rechnungen präsentieren."

Sie hielten an und Georg schraubte den Schalldämpfer vor seine Pistole. Sie gingen vorsichtig zum Atelier. Alles war ruhig. Auf „Drei" stießen sie die Tür auf und stürmten bis in den zweiten Raum vor. Georg fiel fast über die beiden Chinesen, die am Boden hockten und immer noch leise jammerten.

„Keiner rührt sich!" Georg sprach deutlich und laut.

Es dauerte eine Weile bis er die Lage realistisch beurteilen konnte. Er sah alle an und hin und her:

„Da habt ihr diese Schlitzaugen ja schon ausgeschaltet. Alle Achtung! Und da liegt ja sogar die Vollstreckerin, wie sie von allen genannt wird."

Er sah die beiden Chinesen vor sich am Boden und erschoss beide sofort ohne mit der Wimper zu zucken. Nur Ben erschrak wieder und sah ihn mit groß aufgerissenen Augen an.

„Wenn man die Schlitzaugen erschießt, nehmen sie Rache. Wenn man sie laufen lässt, nehmen sie noch mehr Rache!"

So gab Georg kurz seine Erfahrung mit den Triaden zur Kenntnis und wollte mit damit sein Verhalten rechtfertigen.

Liane Teichert sah den großen Mann, der in der Organisation seit vielen Jahren für das Grobe zuständig war, mit großen Augen an. Sie kannte ihn. Tobias hatte vorsichtig und unauffällig die Pistole des Chinesen unter seinem Oberschenkel versteckt. Er saß gewissermaßen darauf. Der Kunstmaler war von den Geschehnissen völlig überfordert und sank auf den kleinen Stuhl zurück. Karin erkannte die beiden sofort wieder. Das waren ihre Verfolger und sie zerbrach sich den Kopf, wie diese beiden sie immer wieder finden konnten.

„Hallo Liane!" rief Georg. „Hätte nicht gedacht, dass du uns so aufreizend empfängst. Deinen Göttergaten haben nicht wir erschossen. Das waren die Schlitzaugen. Warum war er so dumm und hat die in seinen Verrat eingeweiht. Und du hast lange vom Erfolg gelebt und die schöne Kleider gekauft. Und nun? Du kennst mich, sag' jetzt einfach, wo die Dokumente deines Mannes sind. Dann können wir über die Folgen reden." –

„Georg, es gibt keine Dokumente. Ich habe nichts mehr zu verlieren. Ich habe nämlich alles verloren und deshalb glaube mir, muss ich dich nicht anlügen oder täuschen. Unser Plan ist ja gescheitert. Du hast es erlebt." –

„Keine Dokumente? Willst du mich jetzt noch verarschen?" –

„Es war von Anfang an ein Bluff. Und wir haben uns verrechnet. Wir wollten uns nur heimlich absetzen. Alles war vorbereitet. Und der Detektiv (sie sah Tobias dabei an) sollte davon ablenken und alle auf sich ziehen. Das war der Plan. Aber es gab keine Dokumente, obwohl er welche hätte erstellen können. Wir haben nur so getan und es war glaubhaft, weil mein Mann zu viel wusste. Aber selbst, wenn es sie gäbe und ich sie hätte. Mein

Leben könnte damit nicht weitergehen. Ich wollte doch nur raus aus eurer Welt!"

Georg überlegte. Er kratzte sich am Kopf. Es war nicht seine Stärke, solche verzwickten und verwickelten Verhältnisse zu entwirren und zu verstehen. Er fuchtelte nervös mit seiner Waffe und kaute auf einer Lippe.

„Ich verstehe es nicht ganz und die Schlitzaugen haben es auch nicht verstanden. Und niemand hat irgendwelche Dokumente gefunden. Und du sagst, es gab nie welche?"

Liane Teichert zog inzwischen das rote Kleid von Karin an und erklärte:

„Wir haben das nur behauptet, damit Unruhe aufkommt und wir aus der Schusslinie kommen. Wir wollten uns nach Argentinien absetzen. Wir wären weg und niemand hätte deswegen einen Schaden. Mein Mann ist tot. Niemand außer er könnte jetzt all die Strukturen der Organisation dokumentieren. Ich nicht! Das Spiel ist beendet. Sag' es dem Boss!"

Georg dachte wieder angestrengt nach. Irgendwie klang es ihm immer plausibler. Vielleicht sollte er doch zuerst mit dem Boss reden.

„Und wenn ich euch alle laufen lasse. Was machst du kleine Schlange dann?" –

„Ich zieh' mich zurück, verlasse diese Halbwelt. Warum sollte ich der Organisation drohen? Ich muss endlich zu mir finden und ein eigenes Leben führen."

Liane Teichert redete sehr überzeugend. Sie wusste wie man mit diesem groben Klotz reden kann. Georg verstand langsam und sah Tobias an. Tobias bestätigte ihm, dass ja alle Übergabeversuche nichts wurden.

„Außer Anweisungen für die Übergabe haben wir nichts erhalten. Das ist die Wahrheit. Ihr habt es selbst erlebt."

Tobias sah den großen bärigen Mann in die Augen. Der grübelte immer noch erkennbar nach.

„Dann lasst uns zuerst die Schlitzaugen entsorgen. Ben, such' den Autoschlüssel von der Bande. Wir werfen die alle hinten rein und lassen den Van in der Elbe verschwinden. Alle packen jetzt mit an auch der Malermeister!"

Ben hatte den Autoschlüssel bei einem Chinesen in der Jackentasche gefunden und schloss die Hecktür auf. Tobias, der Kunstmaler und Georg trugen die drei Toten im Nu zum Van und warfen sie hinten hinein.

„Wir erledigen das jetzt schnell und kommen wieder! Wir haben noch zu reden." –

„Ja, wir warten hier" versprach Tobias.

Georg fuhr den Van und Ben fuhr mit dem Auris hinterher.

Im Atelier entspannte sich die Lage. Karin machte Tee für alle. Tobias bat aber um ein Bier, das Horst ihm sofort reichte. Seine Schmerzen ließen allmählich nach. Liane Teicher saß etwas zu still auf der Couch und sah nur auf den Boden. Karin war hin und her gerissen. Einerseits hasste sie die Teicher, weil sie dieses falsche Spiel mit ihnen gespielt hatte und beide in Lebensgefahr brachte, ja sogar ihren Tot in Kauf nahm. Andererseits tat sie ihr leid. Sie wollte aussteigen und fand keinen anderen Weg. Und der Plan ihres Mannes ging nicht auf und brachte alle nur in Lebensgefahr. Tobias durchbrach das Schweigen:

„Ich glaube, wir können uns mit Georg einigen. Es gibt keinen Grund mehr für ihn, uns zu erschießen."

Liane Teicher schaute zu ihm:

„Ja, der Georg ist ein grober Klotz und sehr gefährlich, aber unnötig tötet er niemanden."

Liane Teicher suchte die Fetzen ihrer Dessous zusammen und schaute sich den Schaden an. Da war nichts mehr zu retten. Sie warf die Fetzen in einen Abfalleimer unter der kleinen Küchenspüle. Karin fing an, die Blutspuren am Boden mit einem Küchenlappen etwas aufzuwischen.

„Nein, lass das." Horst meldete sich nun auch. Er wollte das später in Ruhe selbst machen.

*

Georg und Ben fuhren weit raus in eine alte Hafenanlage, die nicht mehr genutzt wurde. Hier gab es Kaimauern hinter alten Lagerschuppen. Niemand war weit und breit zu sehen. Georg hielt den Van an der Kaimauer an, stieg aus und wartete bis auch Ben ausstieg.

„So, Ben, jetzt musst du wieder ran. Du stellst den Van so, dass er geradeaus über die Kaimauer fährt. Du legst den Gang ein und hier ist ein Betonsein, den du auf das Gaspedal legen kannst. Du musst vorher abspringen. Alles klar?"

Ben nickte und führte die Anweisungen genau durch. Er sprang vom Van und der Wagen raste weiter zur Kaimauer und fiel mit viel Schwung in die Elbe. Sie stiegen nun zusammen in den Auris und fuhren langsam zurück. Georg grübelte im Wagen weiterüber die ganze Angelegenheit und kam immer mehr zu der Überzeugung, dass die Teicher die Wahrheit gesagt hatte und dass für die Organisation – außer von den Triaden – keine Gefahr wegen irgendwelcher angeblichen Dokumente besteht.

*

Im Atelier nahmen die Planungen für die Teicher Form an. Zuerst einige Tage im Hilton. Sie würde von dort aus einige persönliche Dinge regeln und dann in ihre geheime Wohnung an die Ostsee fahren. Tobias und Karin sollten sie lediglich bis Lübeck am Hauptbahnhof fahren. Sie würde sich dann mit der Taxe allein weiter bringen lassen und zur Sicherheit nochmal ein anderes Taxi nehmen. Sie sah dabei Tobias immer ganz traurig an und er vermied längeren Blickkontakt zu ihr. Das Honorar würde sie dann in voller Höhe überweisen und bat Karin um eine Bankverbindung. Karin hatte immer in ihrer Handtasche einen kleinen Werbeflyer dabei, auf dem auch die Bankverbindung stand. Karin sah die Teicher dann an:

„Ich möchte den Auftrag schon am Hotel beenden. Es war jetzt für uns und alle zu viel. Vom Hotel kannst du wann immer du willst selbst mit dem Taxi oder der Bahn zu deiner Wohnung fahren. Ich möchte mich mit Tobias einige Tage erholen und das will ich nicht noch aufschieben."

Liane Teicher sah Karin überrascht an, nickte nur und sah verstohlen zu Tobias, der ihren Blick nur kurz erwiderte und sich dann umwendete, um sich die Hände in der Spüle zu waschen. Weder Tobias noch die Teicher sagte etwas zu Karins Vorschlag, der eher wie ein endgültiger Beschluss klang.

Dann erschienen Georg und Ben wieder. Georg setzte sich diesmal in einen der Sessel. Er schnaufte, steckte sich umständlich eine Zigarre an und Horst bot ihm ein Bier von hinten an. Georg nahm es dankend und trank den Inhalt in einem Zug aus. Horst stellte ihm ein weiteres Bier kommentarlos hin. Alle schwiegen und warteten auf eine Entscheidung von Georg.

„Also gut", fing er an, „die Sache ist erledigt. Warum sollte ich hier noch jemanden erschießen."

Alle atmeten auf. Liane Teicher schwieg und sah immer wieder heimlich Tobias an. Als sie noch einmal das WC aufsuchte und an Tobias vorbeiging, berührte sie zärtlich seine Hand.

Georg stand auf und gab Ben ein Handzeichen. Beide gingen wortlos und waren verschwunden.

„So, wir fahren dich jetzt zum Hotel."

Karin wollte die Sache so schnell wie möglich zu Ende bringen. Liane bedankte sich bei Horst, nahm ihr Kleid vom Stuhl, ihre Handtasche und das andere Kleid von Karin. Die Kleidungsstücke legte sie sorgfältig in die große Papiertasche mit der Aufschrift *Alsterhaus*. Sie stiegen zu dritt in den schwarzen BMW ein und Tobias fuhr zum Hilton. Im Auto redete keiner ein Wort. Als sie vor dem Hilton parkten, stiegen sie alle aus. Liane Teicher musste sich vor dem Hotel endgültig verabschieden und sich später allein zu ihrer Wohnung fahren lassen. Dann war alles zu Ende. Sie umarmte Karin herzlich und dankte ihr. Dann umarmte sie auch Tobias und küsste ihn ganz kurz. Er drückte sie kurz und fest an sich und sah ihre Tränen über das Gesicht laufen. Sie steckte ihm heimlich einen kleinen Zettel in seine Brusttasche. Dann ging sie ohne sich umzudrehen in die Lobby des Hotels. Karin und Tobias sahen ihr noch nach bis sie nicht mehr von außen zu sehen war. Dann nahm Tobias seine Karin an die Hand und schweigend gingen sie zum Auto. Als sie am Büro kurz anhielten und Karin nur Post mit in die Wohnung nehmen wollte, nahm Tobias den kleinen Zettel aus seiner Brusttasche. Dort stand mit der Hand geschrieben ohne Namen eine Adresse in Travemünde und eine Telefon-Nummer, ein Festanschluss. Er steckte den Zettel in seine Brieftasche im Fach wo auch sein Personalausweis steckte.

*

Drei Monate später.

Ein verregneter November-Samstag. Karin holte morgens aus der Bäckerei um die Ecke frische Brötchen. Sie hatte lange im Büro zu tun und übernachteten dort wie es häufiger vorkam. Karin kaufte beim Becker auch eine Bild-Zeitung, was sie auch eher selten machte. Im Büro frühstückten sie und planten fröhlich einen Kurzurlaub auf Mallorca. Eine günstige Pauschalreise. Ein Sonderangebot einer Zeitschrift. Nach dem Frühstück las Tobias die Bild-Zeitung auf dem Tisch und stutzte über eine Meldung auf der 3. Seite:

Travemünde:

Eine junge Frau 4 Wochen tot im Bett

Vor einer Woche fand der Hausmeister in einer Eigentumswohnung die junge Frau tot im Bett. Sie hatte eine Überdosis Schlaftabletten genommen und wurde erst 4 Woche später gefunden. Sie ist völlig unbekannt. Die vorgefundenen Personalien sind alle falsch. Niemand kennt sie. Ein Nachlasspfleger versucht, Angehörige und Erben zu ermitteln.

Tobias wusste sofort, dass es Liane Teichert sein musste. Seine Augen füllten sich mit Tränen. Er stand auf und wendete sich von Karin ab, damit sie die Tränen nicht sieht. Aber sie hatte ihn schon beobachtet. Sie umarmte ihn von hinten und legte ihren Kopf an seine Schulter:

„Du hast sie geliebt" sagte sie und es war kein Fragezeichen im Tonfall.

Tobias drehte sich zu ihr um und Tränen rollten die Wangen herab. Er umarmte seine Karin und drückte sie so fest an sich, als ob er sie nie wieder loslassen wollte – und schwieg.